小説　武左衛門一揆

ちょんがりの唄がきこえる

二宮美日

創風社出版

はじめに

わたしは平成三年（一九九一）三月から平成七年（一九九五）九月まで『ふるさと通信あいり』というミニコミ誌を発行していました。その中に「ふるさとの歴史」というコーナーがありました。そのシリーズ1が「武左衛門一揆を探る」全十八回（Vol.7からVol.25・Vol.12は休み）で、松浦洋一先生に執筆してもらっていました。

洋一先生は小学校教師で、独自に武左衛門一揆を研究されていました。

それがきっかけで武左衛門の話に惹かれたわたしは、「武左衛門一揆を探る」をもとに、平成六年に『武左衛門の女房おしま、ひとり語り』という一人芝居の台本を書いて、上演しました。

その後もずっと、これを小説や戯曲やシナリオにしたいと思っていました。洋一先生がご存命のうちに書くことができなかったのが残念ですが、武左衛門を知り約三十年を経て、やっと小説を書き上げることができました。

「武左衛門一揆」とは、寛政五年（一七九三）に伊予国吉田藩三万石の紙専売制に反対し、さらに藩政改革を求めて起こった一揆です。「吉田騒動」とも言われます。この一揆で切腹した吉田藩家老安藤儀太夫継明が神格化される中、一揆の首謀者とされた武左衛門は極悪人とされていました。

しかし大正から昭和初期にかけて、日吉村初代村長井谷正命《まさみち》が史料と古老の伝承を丹念に集めて、武左衛門を発掘、検証し、息子の正吉《まさきち》がそれを引き継ぎ、今では武左衛門が起こしたとされる一揆は「武左衛門一揆」と呼ばれ、西日本で成功した一揆の代表として、広く知られることになりました。

ですが、その資料は乏しく史実の裏付けがありませんでした。

しかし、平成三年、宇和島市下波《したば》（吉田藩下波浦）の清家金次郎宅（元組頭宅）に伝わる伝吉田藩拝領の屏風の中から、一揆前後の藩役人たちの連絡文や控えなどが大量に含まれた数百点の藩庁文書が現れました。

その判読、解読は難しいとされましたが、発見者で所有者でもある清家金次郎氏により解読され、平成六年に『屏風秘録』、平成七年に『続屏風秘録』、平成八年に『屏風秘録にみる伊予吉田藩百姓一揆』として発刊されました。

また、昭和三十九年（一九六四）には内容の一部が紹介されたものの史料公開されていなかった『庫外禁止録』の写本も見つかり、平成七年に日吉村教育委員会から、上田吉春先生と松浦洋一先生を編者として『庫外禁止録(井谷本)』として発刊されました。『庫外禁止録』は、職務上村々を一番よく知る立場であった吉田藩中見役鈴木作之進が、一揆前後のことを細かく記録したもので、井谷本は、井谷正命が、原本を借りて筆写していたものです。

しかし発見された史料はすべて、武士の立場から書かれたものです。わたしは「武左衛門一揆を探る」と『庫外禁止録（井谷本）』を基本資料として、その他補完資料を用いながら、それぞれの立場の人間たちを描きたいと思いました。

そうして出来上がったものが本書です。

洋一先生や上田先生が生きておられたら、喜んでいただけただろうか？　天国で喜んでもらえたらいいなと思います。

令和三年三月

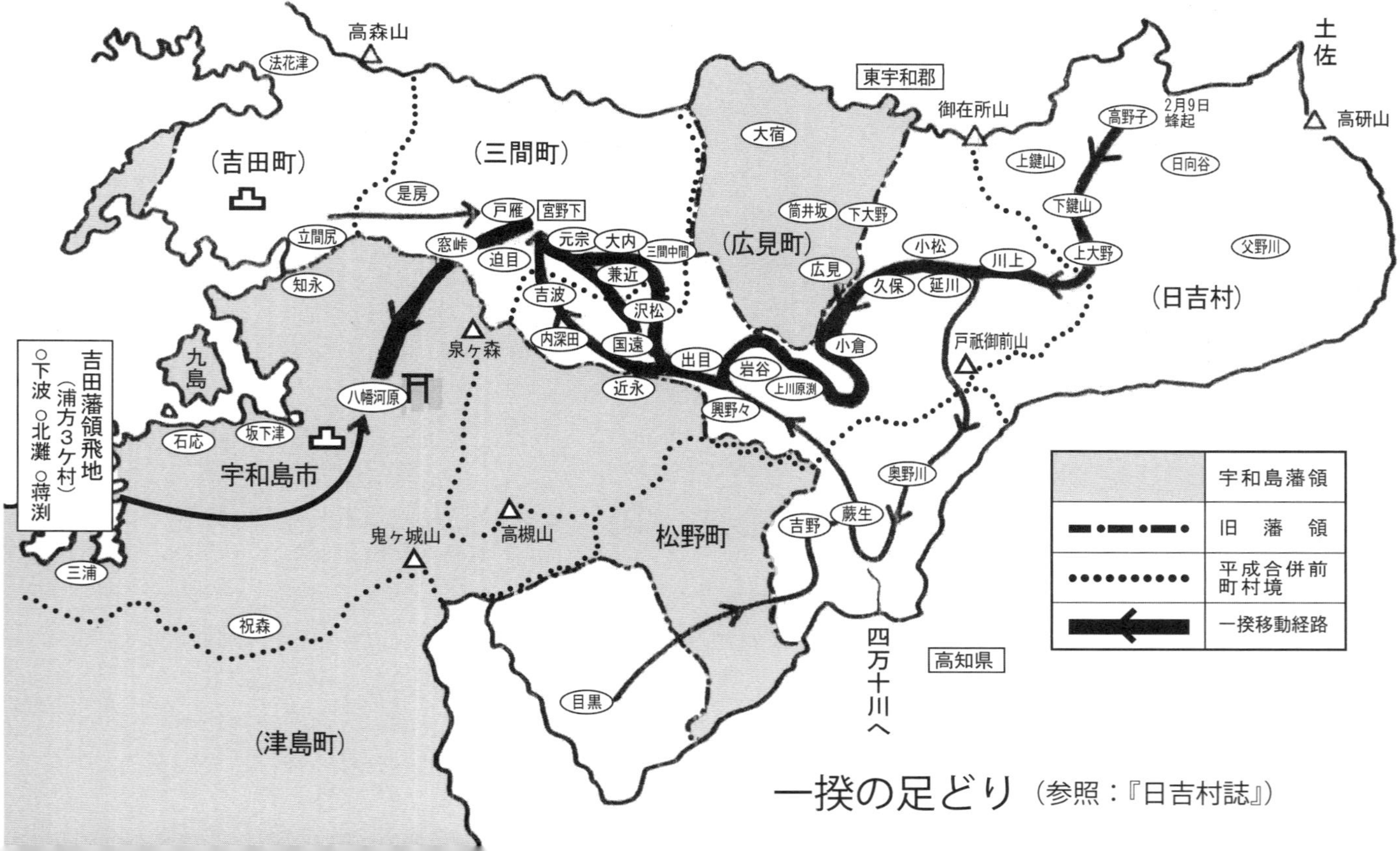

一揆の足どり（参照：『日吉村誌』）

小説 武左衛門一揆

ちょんがりの唄がきこえる

―目 次―

第一章　嘉兵衛

1

小さい人形（デコ）が、生きているように動いた。軽妙な口調で、祖父が人形に命を与える。

「ほんに皆様　聞いちゃって　周防《すおう》の国にもかくれもござらぬ　山代宰判《やましろさいばん》（萩藩の行政区分の一つ）慶長の騒動」

その声に、四国八十八か所阿波最後の薬王寺参りの人々が寄ってくる。嘉兵衛は菅笠を逆さにして、邪魔にならないように祖父と人々の間に立った。

「ほんにひどじゃった慶長検地　一万石から三万石への増石　庄屋百姓集会重ね　嘆願書だすちゃー　さで聞かず」

祖父は周防国山代（現山口県東端地域）で慶長時代にあった一揆の話を、人形の口を通して語る。その巧みな話ぶりに人々は引き込まれ、目は人形に釘付けになっている。

昨年の冬、嘉兵衛の両親が相次いではやり病《やまい》で亡くなり、祖父は四国参りをしたいと言い出した。一番上の兄は反対したが、五番目の兄が伊予の出目《いずめ》村（現鬼北町出目）に養子に行っているので会いにも行きたいと、それも口実になった。八人兄弟姉妹の末で六男の嘉兵衛は、祖父に着いて行くことにした。年寄だけよりは、十二歳でもしっかり者の嘉兵衛が一緒の方がいいと長兄も納得してくれた。

金が尽きると、祖父はデコ回しをして日銭を稼ぎ、何とか薬王寺まで来た。

「莚《むしろ》旗立てち　鐘や太鼓　さで鳴らし」

周防弁で一揆の様子を祖父が語る。嘉兵衛は何度も聞いて、そらんじられるようになっていた。

嘉兵衛たち一家は萩に住んでいて、山代に行ったことはなかった。祖父がデコ回しができるのを知ったのも、山代一揆の話を聴いたのも、四国参りに出てからだ。

「一同直ちに捕縛され　引地峠で斬首され」

山代慶長一揆は成功したものの、翌年一揆の首謀者である十一庄屋全員が斬首された。聞いている者の中には、涙する者もいた。

「川の土手にさらされとった首ちゃー　夜陰に乗じて盗み出し　密かに成君寺赤江に葬ったです」

話が終わりに近づいた。嘉兵衛は逆さにした菅笠を持って、客の間を回っていく。小銭が次々と笠に貯まっていった。

2

遍路旅は厳しかった。祖父は阿波二十三か寺を回り、土佐に入った途端に体調を壊し、二十四番札所最御崎寺（東寺）で動けなくなった。

住職の厚意で与えられた客殿（客を接待するための建物）は、方丈《ほうじょう》（住職の部屋）の隣ではあるものの、夜ともなれば物音一つしない。

磨いた鏡のような満月が、青みがかった光で宵を包む。庭の虫の音が、室内の静寂を一層際立たせ、嘉兵衛は胸が詰まりそうだった。

目の前に横たわる祖父はやせ細り、月の光に溶けてしまいそうに見えた。四国八十八か所参りは、祖父の年では無理だったのだ。

「嘉兵衛」

微かな声で祖父が呼ぶ。

「じいちゃん」

近づくと、祖父は嘉兵衛の顔をじっと見つめ、愛おしそうに微笑む。

「わしの話を聴いてくれるか」

「うん」

祖父は、天井を向いたまま話し始めた。

「わしの親父、お前の曽祖父は、罪人として処刑された」

嘉兵衛は耳を疑った。

「山代では、慶長一揆から百年後に享保一揆があった。わしの親父はその首謀者の一人として処刑されたんじゃ」

享保一揆の話も、祖父のデコ回しで聴いた。山代で盛んだった紙にかけた重税で起こった一揆だ。

「家族連座にならんよう、わしら家族を逃がしてから、親父は捕まった。土地を無くしたわしらは、デコ回しをして稼ぎ、それを元手に商いを始め、萩に小さな店が持てるようになった」

萩の小間物屋は今、長兄がついでいる。

「このことは誰も知らん。お前の親父にも話さじゃった」

祖父が、枯れ木の様な腕を嘉兵衛に伸ばす。嘉兵衛は祖父の手を握った。

「四国参りは、お前の両親の供養のためじゃが、一揆で亡くなった人々のためでもあったんじゃ」

祖父が嘉兵衛の手を強く握る。

「嘉兵衛よ。お前には、一揆の血が流れちょる。曽祖父は罪人じゃが、わしの誇りじゃ。お前も誇りを持って生きちくれや」

嘉兵衛がうなづくと、祖父は笑って息絶えた。

「じいちゃん、じいちゃん」

嘉兵衛がゆすっても、祖父は目を開けなかった。雲が出たのか、室内が暗くなり、嘉兵衛は一気に泣き伏した。

3

太平洋の白い波濤が黒い岩礁に襲いかかり、砕け散る。引いてはまた押し寄せる波は、陸地を浸食しようとする海の意志が働いているように見える。

（いつか大地は、海に沈むのだろうか）

恐怖はなかった。かえって、源《みなもと》に帰れるような安らぎを感じた。

空と海とが溶け合う空間。十九歳の弘法大師空海が、虚空蔵求聞持法《こくうぞうぐもんじほう》（真言密教で、虚空蔵菩薩を本尊として修する、記憶力を増大するための修法）をこの地で成就したという。

（同じ十九歳でも、えらい違いだ）

黒く薄汚れた僧衣を風になびかせながら、嘉兵衛は苦笑した。

祖父の死から、七年の歳月が流れていた。嘉兵衛は祖父の死後、最御崎寺で「知教《ちきょう》」という法名（仏弟子として生きることを誓い授かる名前）をもらい、三年間修業をし、四年かけて行く先々の寺で修業しながら四国八十八か所参りをし、再び最御崎寺に戻ってきた。

この僧侶として過ごした七年間は、心身ともに成長できた年月といえた。四年間の遍路歩きで足腰も鍛えられた。だが到底、弘法大師のような心境にはなりえない。弘法大師と同じ地に立って聞こえてきたのは、自分の居場所はここではないと告げる心の声だった。

知教は寺に戻ると、住職に還俗を願い出た。祖父を手厚く葬り、嘉兵衛を温かく育み、厳しく教育してくれた住職は、しばらく知教の目を見つめ、静かにうなづいた。

「思うままに生きるがよかろう」

「ありがとうございます」

何の恩返しもできていないことを心苦しく思いながら、知教は頭を下げた。

「心に素直に従うことが、己の道を全うすることになろう」

住職はそういって、本堂に向かった。知教も従い、僧侶としての最後のお勤めを果たした。

翌々朝、知教は僧衣を脱ぎ、嘉兵衛に戻って、旅支度をした。股引をはき、着物の裾をたくし上げる。足袋と脚絆と手甲をつけ、薬箱としての印籠と竹の水筒を下げ、道中差しを腰に差す。振り分け荷物の片方に着替えの下着と股引と油紙と手拭いと麻紐を入れ、もう片方には風呂敷とかっぱと矢立と携帯用火打ち金、それに焼き米などの携帯食を入れた。最後に坊主頭を手拭いで隠し、祖父の形見となったデコ回しの人形を懐にしまう。

「嘉兵衛、よいか？」

廊下から住職の声がする。

「はい」

障子が開き、住職が現れる。

「旅に出るなら、これがいるじゃろう」

住職が通行手形と小銭入れを差し出す。

通行手形には『土佐知教　還俗　嘉兵衛』と書かれ、最御崎寺住職の身元保障の署名がされている。これがあれば、どこの番所もすんなりと通ることができる。

「ありがとうございます」

嘉兵衛は押しいただいた。

「萩に帰るのか」

住職が問う。

「いえ、一度、伊予にいる兄に会いに行こうと思います」

萩の長兄には、手紙で事情を知らせてある。祖父と一緒に四国参りを済ませたら、伊予の兄に会いに行くはずだった。そこまでして初めて、祖父との旅が終わる気がした。

「そうか。何か困ったことがあれば、いつでも訪ねてくるがいい」

「ありがとうございます。本当にお世話になりました」

住職には、感謝しきれない恩義がある。

「還俗しても、同行二人を忘れぬようにな」

「はい」

自分はいつも一人ではなかった。祖父が亡くなっても住職がいてくれた。遍路旅では弘法大師が。これからも、自分は決して一人ではないという確信が、嘉兵衛の旅立ちを明るいものにした。

室戸の海鳴りを後にして、秋風を菅笠で受けながら、遍路旅で歩いた道を須崎（現高知県須崎市）まで歩く。そこから道を変え、土佐から伊予に続く山越えの道に向かう予定だった。ここからは善根宿も通夜堂もない。野宿に備えて、嘉兵衛は町で携帯食や薬、草鞋を買うことにした。

須崎の町は活気があった。天然の良港で、鰹漁も本格的に行われ、鰹節作りが盛んだった。また、近隣の村や町から諸産物が集まる在郷町としても発展していた。

嘉兵衛は薬屋を探し、反魂丹と葛根湯を買った。

「旅の方かね」

話好きそうな店の主人が聞く。

「はい。山越えで伊予に行くところです」

嘉兵衛が応えると、主人は笑顔を消した。

「山での野宿はやめた方がええ」

真剣な表情で言う。

「どうしてですか？」

「ここいらの山ばー、山犬がおるきの」

遍路旅の時も山犬（オオカミ）の話は聞いたが、幸い遭遇することはなかった。

「街道から外れんかったら、会うこともなかろうけど、用心にこしたことたない」

親切心からの言葉だとわかる。

「肝に銘じます」
嘉兵衛の脳裏に、室戸の白波が浮かんだ。白波が山犬の姿に見えた。

4

肝に銘じたはずだったが、津野山（現高知県津野町と梼原《ゆすはら》町）から伊予に抜ける山中で夜になった。道に迷ったのだ。道標をどこかで見落としたようだ。

嘉兵衛は暗くなる前に小枝を集め、大木の下で火を焚いた。焼米をかみ水で流し込みながら干芋をあぶる。干し魚は匂いにつられて山犬が来そうなので、あぶらずそのままかじった。

夜明け前、木に寄りかかって寝ていた嘉兵衛は、犬の声ではっと目を覚ました。再び、先ほどよりも近くで犬の声。嘉兵衛は辺りを見回した。

突然大音響が響く。嘉兵衛は慌てて大木に登った。焚火の火も消えかけ、夜明け前の暗がりの中での木登りは恐ろしかったが、山犬の恐怖の方が勝っていた。

やっと枝にたどり着いた時、何かが勢いよく木の下を走りぬけた。嘉兵衛は息をのんだ。木に登っていなければ、それに襲われるところだった。嘉兵衛は生きた心地もなく、夜明けを待った。

東の空が明るくなり、嘉兵衛は木から降りた。焚火は踏み荒らされていたが、足跡は山犬のものではなかった。

背後から犬の声がして、嘉兵衛は反射的に振り向く。黒い大きな犬が駆けてくる。嘉兵衛は木の幹に張り付いたように動けない。黒い犬は、嘉兵衛には見向きもしないで、焚火の跡を嗅いでいる。ひとしきり嗅ぐと、嘉兵衛に向かって一声吠える。嘉兵衛は道中差しを手に取った。

「ゲン、見つけたか」

火縄銃を杖替わりにした猟師が現れた。黒犬は、嬉しそうに猟師の元に走る。

嘉兵衛は、気が抜けてへたり込んだ。

「おんし、ここでなにしちゅう」

猟師が、道中差しを握ったままの嘉兵衛を、不審そうに見下ろす。

「道に迷って、野宿しとったら、何か大きいもんが通り過ぎて」

「やっぱ奴はここ通ったな」

猟師は顔を輝かせ、先に進もうとしたが、ひざをつく。

「あんた、怪我してるじゃないか」

猟師は太ももを手拭いで縛っていたが、血で染まっていた。

「ちいと、てごんことになっちの」

嘉兵衛は荷物箱を開け、麻紐を出すと、猟師の太ももの付け根をきつく縛り、血だらけの手拭いをほどく。えぐられた肉が変色していた。

「これは酷い」

嘉兵衛は水筒の水で傷口を洗い、きれいな手拭いでしっかりと縛った。

「早く家に帰って、手当した方がいい」

「じゃが、どうしてもせんといけんことがあるがよ」

猟師は先に進もうとする。嘉兵衛は猟師に肩を貸し、一緒に歩いた。

黒犬が匂いを嗅ぎながら、先に行く。姿が見えなくなったかと思うと、激しく吠えたてた。

猟師が急ぐ。嘉兵衛も一緒に小走りになる。

黒犬の前に、大きな猪が横たわっていた。まだ微かに息がある。

「さすが山の主じゃ。ここまで逃げとったか」

猟師は懐から小刀を取り出すと、素早く猪の心臓を刺した。鮮血が流れ、猪は絶命した。腹を裂き、内臓を取り出し、皮をはいで、肉と骨を分ける。その手際の良さに、嘉兵衛はただ見とれていた。

「すまんが、これをあの木の根元に運んでくれ」

近くで一番大きな木を示す。これとは、猪の頭だ。嘉兵衛は言われる通りにした。頭だけでもかなり重い。

「これは、おまんの分じゃ」

内臓の一部を黒犬にやる。黒犬は、大喜びで食らいつく。

猟師は内臓の残りを頭の横に置くと、四方に枝を立て、腰の瓢箪から酒をまいた。

「山の主を仕留めさせてもらいました。山の主の一部をお返しいたします」

猟師が山の神に祈りをささげる。

祈り終わると、猟師は剥いだ皮をたたみ、肉を小分けにして竹皮に包み、風呂敷に包んで背負う。が、荷物の重さに傷が痛み、立てない。

「わしが背負いましょうか」

「すまんのう」

嘉兵衛は風呂敷包みを受け取り、背負うと、猟師を助けながら山を下りた。

猟師の家は、山の中にあった。近くに小川が流れている。家というより、猟をする時の小屋だった。中央に囲炉裏があったので、嘉兵衛は直ぐに湯を沸かした。

「ちょっと出てきます。安静にしていてください」

嘉兵衛は猟師を残して、外に出た。

嘉兵衛はオミナエシを探した。オミナエシの根には消炎や膿出しの効果がある。嘉兵衛は猟師のえぐられた傷が心配だった。

途中でワレモコウを見つけ、道中差しで根を掘る。ワレモコウの根は止血に役立つ。メギも見つけたので、トゲに気を付けながら枝を切った。

オミナエシの黄色い花が揺れていた。嘉兵衛は急いで根を掘った。できるだけたくさん掘って、風呂敷に包む。雨が降り始め、嘉兵衛は急いで戻った。

小川で根を洗い、嘉兵衛が小屋に戻ると、猟師はシシ肉を囲炉裏で燻していた。皮も広げて干している。

「傷はどうですか？」

嘉兵衛は、まずメギを湯がわいた鍋に入れた。

「痛いちゃ、痛いが、それ、なんぞ」

猟師が怪訝そうに鍋を見る。

「この煎じ液で傷口を洗うと炎症が引くんです。安静にしていなくて、大丈夫ですか？」

「直ぐ処理せんと、シシ肉がいけんなるがよ」

猟師はシシ肉を削ぐように切って、竹串に刺して、魚を焼くように燻っている。

「保存食ですか？」

「生のまま持っち帰るつもりじゃったが、動けんけんの」

燻った肉はワラスボに刺して、また生肉を燻す。

「夜に猟をしていたのですか？」

山犬がいるという山で、夜中にシシ撃ちなど考えられなかった。

「ぬたばを見つけとったけんの。風下で、奴が来るのを待っとったがよ」

「ぬたば？」

「シシが体に付いたダニとか虫を落とすための泥田んぼよ。シシは決まったとこでするきの」

嘉兵衛は初めて聞いた。

「この一つは、鍋が空いたら、シシ鍋にするか。よかったら、そこらで食べれるキノコか野草をとってきてくれや」

肉の塊を、一口大に切り始める。小刀の使い方が絶妙にうまい。

メギの煎液ができると、それを水桶に移して冷まし、鍋でワレモコウの根を煎じる。メギの煎液で猟師の傷口を洗い、ワレモコウの煎液を浸した手拭いを傷口に当てる。ワレモコウの根は止血に効く。太ももの根元を縛った麻紐を少し緩めた。

鍋が一つしかないので、シシ鍋より先にオミナエシの根を煎じる。

「それはなんにいいがぞ？」

シシ肉を処理し終えた猟師が聞く。

「消炎や膿出しです。本来はどれも日干した物を使うのですが」

「おまんは、薬屋か？」

「いえ、薬草のことを少し知っているだけです」

四国の僧侶には修験僧の要素も強く、薬草の知識はそれぞれの寺で学んだ。

オミナエシを煎じている間に、キノコと野草を探しに行った。エゴマとトチバニンジン、タマゴタケとスギタケを見つけたので取って帰る。

オミナエシの煎液を竹の湯のみで飲ませ、残りを水筒に移してから、シシ鍋を作る。味付けは猟師が持っていた岩塩で、これがおいしかった。還俗して何が一番良かったかといえば、肉・魚が食べられることだ。

雨が激しくなる。夜になって、猟師は熱を出した。水筒に移したオミナエシの煎液を飲ませ、湯を沸かして葛根湯も飲ませた。葛根湯は風邪の薬だが、発汗を促すので、解毒作用にもなる。

火を焚いて小屋の中を温かくし、水分補給も兼ねてオミナエシの煎液を飲ませる。黒犬が心配そうに猟師に寄り添う。嘉兵衛は一晩中、猟師の看病をした。

朝方、嘉兵衛はまどろんでいた。鳥のさえずりと朝の光で目が覚める。猟師を見ると、安らかな寝息を立てている。熱は下がったようだ。

嘉兵衛は水汲みに出た。雨も上がっている。黒犬がついてきて手をなめ、一声吠えた。お礼でも言っているようだ。嘉兵衛は清々しい気持ちがした。

5

猟師の名前は吉造といった。吉造を家族が待つ家まで送った後、台風に降りこめられ、しばらく吉造の家で厄介になった。

猟師は村に住む者と村に住まない者がいる。村に住む猟師は、百姓が副業としてやっている猟師で、山年貢というものが課せられる。

幕府は原則百姓の狩猟と銃の所持を禁止しているが、耕作地が乏しく、百姓だけでは生活できない地域では許可されていた。

また銃は、鳥獣被害対策の実用農具として許可されることもある。

だが吉造は、生粋の猟師だった。彼らは漂泊者と呼ばれ、定住しないため百姓たちから嫌われることが多い。村はずれの山の中で家族や数人の仲間と住み、獣を追って山を移動する。定住しないので、年貢の対象にならない。山で捕った獣の肉や毛皮や籐細工や竹細工などを村に持って行って、穀物や野菜と交換することもある。

嘉兵衛は元僧侶でもあり、祖父が桁打《けたうち》（デコ回しや祭文（神を祭る時に読む文）を唄いながら家々を回る門付けをして謝礼をもらう芸人）だったこともあって、漂泊者に抵抗がない。嘉兵衛は、吉造家族とすっかり仲良くなった。吉造の幼い子どもたちも嘉兵衛に懐き、台風が去っても引き留められたが、嘉兵衛は失礼のないように断り、旅に出た。

「困ったことばーできたら、いつでも頼ってくれ」

吉造はそう言ってくれた。

嘉兵衛は台風の爪痕の残る土佐と伊予との番所を越え、吉田藩日向谷《ひゅうがい》村（現鬼北町日向谷）に入った。兄のいる出目村までもう少しだ。

山間の村の田は、濁流にのまれた跡を残していたが、稲の収穫は終わっていて、被害はないようだ。川の水もだいぶ引いてきている。

嘉兵衛の足は速い。朝、吉造の家を発って、番所越えをして、日向谷村、下鍵山村（現鬼北町下鍵山）を抜け、昼過ぎに上大野村（現鬼北町上大野）まで来た時だった。

「助けて！」

女の切羽詰まった声が響いた。

見ると対岸の大岩の上から、若い女が叫んでいる。増水した川で、小さな女の子が流木につかまったまま流されていた。岩と岩の間に流木がはさまって止まったが、女の子は今にも流木から手が離れそうだ。

嘉兵衛はためらうことなく川岸に下り、着物を脱ぎ捨てると、流れの速い川に入る。流れに身を任せて流木にたどり着き、嘉兵衛が右手で流木をつかんだ途端、女の子の手が離れた。嘉兵衛はとっさに、左手で女の子の腕をつかむ。女の子を引き寄せて岩に上げると、自分も岩にはいあがる。

若い女が、ほっとしたような顔になる。

「人を呼んで来てください。それと、太い綱」

川音に負けないように声を張り上げて、嘉兵衛が叫ぶ。若い女に通じたようで、女は走り去った。

「もう大丈夫だ」

嘉兵衛は震えている女の子を、優しく抱きしめる。

男や女たちが、嘉兵衛が下りた側に、大綱を持ってやって来た。

「その端を木に縛り付けて、もう片方をこちらに投げてください」

男たちが大綱を川岸のエノキに縛り付け、一人の男が川に入って、投網を投げるように大綱を投げる。嘉兵衛は流れて来た大綱を川に入ってつかみ、岩に戻った。

「ほら、わしにつかまれ」

岩の上の女の子に手をのばし、自分の首に手を回させて、嘉兵衛は大綱を伝って、岸へと泳ぐ。岸の男たちが、大綱を引き寄せる。足が着くところまで来ると、嘉兵衛は大綱を持ったまま、用心して歩いた。

女の子を岸に下ろすと、若い女が女の子を抱きしめた。

「娘を助けてくれて、ありがとう」

大綱を川に投げた男が、礼を言う。

「本当に、ありがとうございました」

若い女が、涙を浮かべた目で嘉兵衛を見上げる。うるんだ瞳に、目が引き付けられる。ナデシコのように愛らしいと、嘉兵衛は思った。

「ありがとうございます。体が冷えなはったろう。はよ、火に当たってください」

若い女によく似た年かさの女が、女の子を抱き上げながら言い、

「どうぞ、うちに来てやんなせ」

嘉兵衛に頭を下げる。

「そうじゃ、そうじゃ、お礼をせんと」

父親も言う。

「いえ、お礼なんて」

言いながら、嘉兵衛は若い女が気になった。その気を紛らわすように、嘉兵衛は頭の手拭いを取って、顔を拭く。坊主頭があらわになった。

「お前さん、坊さんか」

父親が、驚いたように聞く。

「環俗したばかりです」

嘉兵衛は道中手形を見せた。

「土佐知教　環俗　嘉兵衛、嘉兵衛さんというのか」

「こんなとこで話しとらんと、ほら、おしまからも、お頼みせんか」

母親に言われ、若い女が恥ずかしそうに言う。

「ちいと、家に寄ってください」

断れるはずがない。嘉兵衛はうなづいていた。

おしまの家は、村の中では立派な家だった。おしまを初め女ばかり三姉妹。川に流されたのが、一番下の妹おてる。

おしまが芋水車（川の流れを受けて回り、中のサトイモを洗う器具）を川岸に着けている間に、着いてきていたおてるが誤って深みにはまり、流されたらしい。

「幸い、流木につかまることができたけど、どんどん流されて」

おしまが、思い出して震える。

「去年の冬に息子をはやり病で亡くしたばかり、この子まで亡くしていたらと思うと」

母親はおてるを抱きしめた。おてるの下に、男の子がいたらしい。

「通行手形には、最御崎寺住職の署名があったが」

父親の松左エ門がイモ焼酎を勧めながら聞く。

「そこで修業をしておりました」

最御崎寺といえば、四国八十八か所の由緒正しい寺で知られている。その住職が身元保証をしていれば、嘉兵衛の人となりがおのずとわかる。

「何で、還俗しなはった」

「とうさん、そんな根掘り葉掘り聞くんは失礼で」

女房のおしげがたしなめる。

「いいえ、ただ自分のやることは、僧侶ではない気がしまして」

嘉兵衛は嫌な気はしなかった。それよりおしまのことが気になった。

「どこか行く当てがあるんか？」

「出目村に兄がいるので、会いに行くところです」

「出目村ならすぐそこじゃ」

松左エ門はご機嫌だった。おしまの家は両親の他に祖母もいる大所帯だ。

「僧侶だったなら、字が書けるな」

松左エ門が嘉兵衛に確認する。

「はい」

「うちは先組頭での」

松左エ門が自慢げに言う。組頭というのは、庄屋の補佐役で通常二人以上いる。先というかち、上位の組頭なのだろう。

「だが、跡取りは死んでしもうた」

空気が重くなった。

「いや、すまんすまん。これはわしが取ったんじゃ、どんどん食べてくれ」

場を明るくするように、松左エ門が陽気に囲炉裏に刺してあるイダ（ウグイ）を示す。嘉兵衛ももらって食べたが、おいしかった。

村を流れる川は広見川といい、川魚をはじめウナギや川カニ、川エビなど豊富に捕れるということだった。

「兄さんとこ行ってからどうするよ」

嘉兵衛は、言葉に詰まった。先のことなど、考えていなかった。ただ祖父の想いを完結させたかっただけだ。

「まだ、考えていません」

嘉兵衛が言うと、父親は顔を輝かせた。

「それなら、うちにこんか」

嘉兵衛ばかりか、家族の者も動きが止まる。

「おしまを嫁にしてくれや」

嘉兵衛もおしまも顔が赤くなった。

「親のわしが言うのもなんだが、おしまはしっかり者で、気立てのいい娘ぞ」

おしまはさらに赤くなって、下を向く。

「嫌か？」

父親は、多少酔っているようだ。

「あんた、こんなことは酔っていうことじゃない」

おしげがたしなめる。

「わしゃ、酔っちょらん」

「わしも、そうしてもろたらいいと思う」

祖母のおもんがぽつりと言う。皆が、老婆に注目した。

「わしも、こん人が気に入った。あんさんさえ、よかったら、おしまをもろてください」

「でも、おしまさんが」

嘉兵衛は嫌ではなかったが、おしまの気持ちを大事にしたかった。

「おしまに異存あるものか」

見通しているようにおもんは笑う。おしまは、首まで赤くしてうなづいた。

「やった、あにさんだ」

おしまのすぐ下の妹おちよが騒ぐ。

「あにさん？」

おてるにはよくわからないようだ。

「嘉兵衛さんが、おしま姉ちゃんのむこさんになるんだよ」

おちよが、おてるに説明する。

「おむこさん？」

おてるはまだわからない。

「これ、嘉兵衛さん困っとろう。嘉兵衛さん、かまんですか？」
おしげが確認する
「あ、はい。よろしくお願いします」
嘉兵衛は、おしまはもちろん、この家族が好きになっていた。

6

嘉兵衛の五番目の兄・乙五郎は、吉田藩出目村油谷に住んでいた。先に手紙を出していたので、家族の者も歓迎してくれた。女房と子ども五人の七人家族で、女房の両親はすでに亡くなり、乙五郎が家長になっていた。

乙五郎は、小間物の行商をしていて、宇和島城下から土佐に行く途中、ここで病気になり、看病してくれた娘の家に養子に入った。

乙五郎の家は、それ程豊かではなさそうだった。それでも遠くから来た弟に、できるだけのもてなしを用意してくれた。

乙五郎と嘉兵衛は囲炉裏端で、芋炊きの鍋をつつきながら、イモ焼酎を酌み交わした。祖父が亡くなったこと、最御崎寺で修業し、四国八十八か所参りをしたことを話す。

「おまえも、苦労したんじゃの」

「苦労とは思うとらんよ」

祖父の死は悲しかったが、寺での修行はためになった。おかげで字も書けるし、薬草の知識も得た。

嘉兵衛はおしまの家に養子に入る話をした。

「おまえも、吉田藩に住むんか」

あまり嬉しそうではない。

「何か問題でもあるんか？」

考えてみれば、嘉兵衛はここのことを、何も知らない。

「ここの年貢はきつい」

嘉兵衛は、祖父の話を思い出した。

「後悔しとるんか？」

隣の部屋にいる女房に聞こえないように、嘉兵衛は小声で尋ねた。乙五郎は隣の寝間を見る。女房が一番下の乳飲み子を寝かしつけている。

「いや、後悔はない。あれはいい女だし、子らもかわいい」

乙五郎が焼酎に口を付ける。

「じゃが、ここは住みづらい」

乙五郎が説明してくれる。

宇和島藩十万石から、三万石を分けて吉田藩を作った。実質七万石になった宇和島藩は、十万石の威信を保つために増税し、吉田藩も宇和島藩に対抗するように見栄を張る。見栄を張るには金がいり、その付けは農民に回ってくるのだと、乙五郎は言う。

「元々伊予は小藩が多いけん、財政が苦しいらしく、どこよりも税が高いいうことじゃ」

嘉兵衛は話を聞き、かえって心が決まった。おしまやその家族の助けになりたいと思った。

「あにさん、わしはやっぱ、上大野村に住もう思います」

きっぱりと言う。

「そうか、お前がそう決めたなら、わしはなにも言わん」

「秋祭りの日に祝言あげたいけん、戻ってきてほしい、言われとります」

この辺りで一番遅い秋祭りだと言っていた。

「あにさんも来てもらえますか？」

「そりゃ、喜んで行かしてもらおう」

赤らんだ顔で、乙五郎は嬉しそうに笑った。

安永五年（一七七六）の秋祭りの日に嘉兵衛はおしまと結婚した。嘉兵衛十九歳、おしま十七歳だった。

7

天明に入り、天候不順が続いた。作物の実りは悪かったが、年貢量は変わらず、百姓たちは苦しい生活を強いられた。

また天明二年（一七八二）には吉田の御家中町で大火があり、その復興のため増税が行われた。御家中町は武士たちの住む地区で、中の島と言われる中洲にあった。

嘉兵衛が婿に来た上大野村が属する山奥郷（吉田藩の広見川上流地域・久保《くぼ》村（現鬼北町久保）から上流十か村）は山間部にあるため米の生産量は少なく、その分副業となる紙に多く税がかけられる。紙の納税も郡《こおり》奉行所や代官所の管轄ではあったが、実態は紙方役人や紙商人である叶《かのう》・三引《みつびき》の両高月家（法華津屋）が全て仕切っていた。

年貢納入は各村の庄屋の家で行われる。上大野村の庄屋は父野川《ちちのかわ》村（現鬼北町父野川）と兼任で芝家が務めている。芝家は戦国末期この一帯を治めていた芝一覚の孫・庄左エ門より始まる。芝家は父野川村の方にあり、上大野村の者は、納税の時は父野川村まで荷を運ばないといけない。

庄屋の家は村政を取り扱うため庄屋所と呼ばれ、藩の役人の役宅にもなっていた。そのため、一般農民の住居に厳しい制限を加えた藩庁も、庄屋宅は例外とした。さすがに庄屋本宅の方は茅葺屋根だが、御用宿の方は瓦葺であった。

毎年三月（西暦四月）に紙方役人や法華津屋の手代が来て、紙の納税が行われた。納税の時刻は四つ（午前十時頃）までとなっており、紙方役人たちは前日から来て接待を強要した。

自分たちは口にできない白米をこの日のために確保し、酒も用意する。アユの甘露煮やイダの冷や汁、ハヤ（カワムツ、オイカワ）の三杯酢、豆腐の田楽、ゴマ豆腐など。父野川村と上大野村の女たちが無償で奉仕する。

だが、未婚の娘たちは家から出てこない。彼女たちにとって紙方役人は恐ろしい存在だった。

「もっとましな物はないのか、この村には」

今回の責任者・紙方改目付役国安平兵衛が豆腐の田楽を平らげ、文句を言う。

「貧しい村ですけん、こんなもんしかのうて、すまんことです」

芝庄屋が低姿勢で酒を注ぐ。嘉兵衛も先組頭の舅・松左エ門と共に接待に当たる。嘉兵衛は毎年この日が一番嫌だったが、舅一人に接待させるわけにもいかず、酒を注いだり、料理の目配りをしたりと働いた。

「おい、もう酒がないぞ」

下代の銀右衛門が叫ぶ。

「今、お持ちします」

嘉兵衛は、台所に酒を取りに行った。廊下に出ると、一気に息を吐く。やるかたない怒りがこみあげてくるが、グッと手を握り耐える。座敷での喧噪を背に、嘉兵衛は台所に急いだ。

翌朝、国安をはじめとした紙方役人たちが待つ広い土間に紙が運び込まれる。年貢は村で幾らと決められていて、村人の共同責任だった。

村の組織は名主《なぬし》といわれる庄屋を頂点に、組頭という補佐役が数人いて、名主と組頭が代官と組んで悪さをしないよう監視をする百姓代（横目《よこめ》・村目付《むらめつけ》ともいう）がいて、その下に五人組がある。

五人組は基本的に村内にある各家の男性家長で組織され、互いに監視し合うように金持一人、貧乏人一人、中間三人というように組まれるが、父野川村も上大野村にもあまり貧富の差がない。全員貧乏といえた。五人組の代表を小頭という。

納税品は普通は小頭がまとめて持ってくる。小頭たちが紙を積んだ荷車を庭まで押して来て、ほどいた荷を庄屋所の土間まで運ぶ。法華津屋手代がその荷から紙を抜き出しては、その品質を確かめる。

紙には小菊紙（婦人用懐紙）、清帳紙（大福帳用楮製の強い紙）など直接商人が買い付けていい物と、仙貨紙（戦国時代、野村（現西予市野村町）の兵頭太郎右衛門が創製した、楮に麻屑を混ぜて作った質強い和紙）、杉原紙（楮製の奉書に似た紙）のように、紙方役所を通さないと買い付けできないものがあったが、年貢以外はどちらも法華津屋が一手に買い取った。年貢として納められた紙も、結局は法華津屋が買い取るので、すべて法華津屋の物となる。

「これでは、あまりに安すぎます」

法華津屋が監督の紙方改目付役国安平兵衛に提示した紙買取価格に嘉兵衛が抗議すると、一同驚いた顔をした。百姓たちの本音だが、今まで誰も面と向かって言った者はいない。

「貸付金の利子を考えたら、これではあんまりです。市価の半分もないじゃありませんか」

座していた国安が立ち上がった。

「お上の決めたことに立てつくのか」

国安が真っ赤な顔で怒る。

「買い取り価格はお上ではなく、法華津屋が決めているではありませんか」

「お上が、法華津屋に任せておるのだ」

「ですが」

まだ言おうとする嘉兵衛を松左エ門が止めた。

「お役人様、申し訳ありません。まだ若輩ゆえご無礼をお許しください」

松左エ門のとりなしと同時に、四つの鐘が鳴った。

「まだ上大野村上組の荷車が来ておりません」

銀右衛門が報告する。

「所定の時刻になっても納品せんとは何事ぞ」

国安は目玉をむき出し、松左エ門をにらむ。

「何か手間取っているのでしょう。どうか今しばらくお待ちください」

松左エ門が取りなす。

「いや待てん。どいつもこいつも我らのお役目を何だと思っておる。組頭として不行き届きだぞ」

いきり立つ国安に、松左エ門は紙に包んだお金をそっと差し出した。

「どうかこれで、ご勘弁ください」

国安の顔がにわかに緩む。

「わしも役目柄申すまでで、こんな心遣いは無用だが。まあ、厚意を無にしてもいかんしの」

そっと袖の下に受け取る。

「様子を見てきます」

嘉兵衛はその様子を見るのが嫌で、土間を飛び出た。

舅の行為が、村人のためだということはよくわかる。あの金を用立てるために、姑が嫁入りの際持ってきた着物を売り払っていることも、おしまから聞いていた。ただ、こういうことが組頭の仕事かと思うとやるせなかった。

外の道はぬかるんでいて、紙を積んだ荷車の車輪が水たまりに落ちて動かなくなっていた。

嘉兵衛は庄屋所に戻ると板切れを持って走り出た。

「ちょっと車輪を持ち上げてくれ。これを敷く」

荷車を押していた男たちが車輪を上げ、嘉兵衛が板切れをその下に敷く。

「一気に押すぞ」

車輪が動き、荷車は水たまりを脱出できた。

「はよ運べ。役人がおかんむりだ」

嘉兵衛は言いながら、男たちと荷車を運んだ。嘉兵衛の心は、理不尽な現実に対する怒りでいっぱいだった。

8

天明三年（一七八三）から翌年にかけて大雨が続いた。米も麦も日照不足で実りが悪く、大豆や大根、芋などは根腐れを起こしてほとんど取れなかった。

さらに天明四年には大風雨洪水が起こり、嘉兵衛は松左エ門と共に村内の見回りをした。谷川沿いや山際に立つ家の者には瑞林寺に避難するように促し、動けない年寄は背負って運ぶ。村人の安全を守るのも組頭の役目だと松左エ門は嘉兵衛に教えた。

「おやじさん、わしがおまつばあさんを連れて行きますけん」

嘉兵衛は足の悪い年寄を背負うと、その上から蓑《みの》を羽織り、ばあさんに笠をかぶらせた。

「気を付けて行け、わしは熊五郎じいさんとこへ行ってくる」

熊五郎じいさんは三歳になる孫の丈助と二人で暮らしている。嫁は産後の肥立ちが悪く、丈助を生んで直ぐ亡くなり、息子は嫁の後を追うように翌年はやり病で亡くなった。

「わしもおまつばあさん置いたらすぐ行きますけん」

嘉兵衛は瑞林寺へ向かった。大粒の雨が強風に煽られて叩きつけるように降っていた。谷川の水は滝のように流れ、広見川は濁流となり、流木が流れていく。

嘉兵衛は泥に足を取られないように、一歩一歩踏みしめて歩いた。寺に着くのに、いつもの倍以上の時間がかかった。寺の大銀杏のまだ青い葉が、秋の枯葉のように大量に落ちている。

嘉兵衛は村人が集まっている本堂におまつばあさんを下ろして、急いで熊五郎じいさんの家に行った。

だがそこに家はなかった。土砂に押しつぶされ、見る影もない。

「おやじさん、熊五郎じいさん、丈助」

嘉兵衛は雨音に負けないように叫んだ。だが誰の声も聞こえない。

嘉兵衛は寺に戻り、村の男たちを集めて再び来る。手に手に鍬を持った男たちが土砂をのけるが、暴風雨で作業が進まない。そのうち、日が暮れてきた。

「これ以上は危険じゃや。夜明けを待つしかない」

　小頭になったばかりの鉄五郎が申し訳なさそうに言う。風は少し弱まっていたが、まだ雨が強い。これでは松明を灯すこともできない。

「そうやな。みんな、世話かけた」

　嘉兵衛はそう言うしかなかった。

（どうして自分が行かなかったのだろう）

　松左エ門一人を熊五郎の家へ行かせたことを悔やんだ。

　嘉兵衛は家に帰る気になれず、熊五郎の家の近くにある祠で雨をしのぎ、夜明けを待った。

　明け方近くに雨は止み、嘉兵衛はまだ土砂が残る熊五郎の家に行く。

「おやじさん、熊五郎じいさん、丈助」

　声を限りに叫ぶ。

「ここ」

　微かに子どもの声が聞こえた。

「丈助か。どこだ」

「ここ」

　嘉兵衛は声のした場所を掘った。

夜が明け、おしまやおしげ、鉄五郎たちがやって来た。

「ここだ。声がした」

嘉兵衛が言うと、男たちが総出で土砂を除ける。

丈助は生きていた。松左エ門と熊五郎が両方から丈助をかばい、息絶えている。二人が作ったわずかな空間が、丈助を守っていた。

嘉兵衛たちは言葉もなかった。おしげが泣き伏す。嘉兵衛と丈助の目が合った。嘉兵衛は丈助を抱き上げた。丈助は強く嘉兵衛にしがみつく。よっぽど怖かったのだろうと、嘉兵衛は思った。

「組頭様と熊五郎じいさんを掘り出すぞ」

鉄五郎が声をかけ、男たちが作業を再開する。嘉兵衛も丈助をおしまに預け、崩れた梁の下敷きになっている松左エ門と熊五郎を引き出した。

嘉兵衛は松左エ門と熊五郎の葬式を済ませると、丈助を養子に入れ、二十六歳で組頭の役を継いだ。

この大風雨洪水は大事な人の命を奪ったばかりか、多くの田畑を流し、用水路を壊し、甚大な被害をもたらした。

熊五郎の家に押し寄せた土石流は、裏山を楮畑にしたために起こったものだった。根の浅い楮が、大雨で緩んだ地盤と共に流れてきたのだ。

(無理な楮栽培をしているせいだ)

藩の奨励で、楮は至る所に植えられた。だが雑木林の方が地水力は高く、災害に強い。

（これは人災といえるのではないか）

嘉兵衛は思ったが、組頭になったばかりの嘉兵衛はその対応に追われ、松左エ門の死を悲しむ間もないほどだった。

9

翌年は打って変わって干ばつとなった。春から夏にかけて雨が少なく、稲が枯れないよう水のない用水路に広見川から水をくみ上げて入れる。村人総出の重労働だった。

それでも焼石に水、稲が枯れる田が続出した。嘉兵衛は枯れた田への水路を閉じ、生き残った田を村人全員で守ることにした。

年貢は村単位で決められている。とにかく年貢分は作らなければ、他の作物で補填しないといけなくなる。この干ばつでは、麦も大豆もあまり収穫は見込めない。また紙で治める量が増えると、法華津屋への借財が増え、百姓は借金地獄から這い上がれない。

嘉兵衛は組頭としての務めに励んだ。税を増やされないよう役人に文句を言うこともせず、袖の下も怠らない。文字の書けない村人の代わりに代筆をして礼金をもらうこともあったが、その金を袖の下用に貯めていた。何事もひたすら、村人のためと我慢する。

（おやじさんも、こんな気持ちだったのだろう）

嘉兵衛は自分が組頭になって初めて、松左エ門の気持ちを察することができた。

嘉兵衛は、瑞林寺の和尚があまり元気な方ではなかったので、代理をすることもあった。環俗した身だからと断っていたが、和尚のたっての頼みを断れなかった。その時は「土佐知教」と名乗ることにした。その礼金も、村人のために使った。

それぞれの寺では、夏の盆念仏法要や正月の御祈祷法要を、近隣の同宗派の僧侶が集まって行う。瑞林寺は父野川村にある宗楽寺と共に魚成《うおなし》村（現西予市城川町魚成）の竜沢寺を本寺とする禅宗曹洞宗の寺である。

嘉兵衛はよく宗楽寺の年始め御祈祷法要に行かされた。上大野村や父野川村は雪の多い地域で、持病のある瑞林寺の和尚が行くのはきつかったのだ。

宗楽寺の若和尚隆祥は、嘉兵衛と年が近く、話が合った。嘉兵衛は法要の後、二人でよく話をした。

「知教さんは、瑞林寺を継ぎなはったらいいのに」

囲炉裏を囲って茶と干柿を食べながら、隆祥が言う。瑞林寺の和尚には後継ぎがなかった。

「そうは言うても、うちは上組頭ですけん。丈助が一人前になったら、考えます」

嘉兵衛は干柿には手を付けず、茶だけ飲んで答える。

「吊るし柿、食べてください。土産分は用意しとりますけん」

隆祥が優しい笑みを向ける。干柿は貴重な甘味で、嘉兵衛は丈助に食べさせようと思っていた。

「すまんことです」

自分の思いを察せられて、嘉兵衛は恐縮した。

「おしまさんも、よかったですな」

おしまは、懐妊していた。

「はい。無事に生まれてくれることだけが願いです」

心労が多い組頭の嘉兵衛の喜びは、おしまが子を授かったことだ。夫婦になって八年、実の子を持つことはもう諦めていた矢先だった。

「ほな、あまり引き留めてもいけませんな」

他の和尚たちは、とっくに帰っていた。

「そうですな。わしも帰りましょう」

嘉兵衛は隆祥といると心が落ち着いたが、日暮れまでには家に帰りたかった。

嘉兵衛は土産の干柿を懐に、上大野村の我が家に帰る。雪は踏み固められて滑りやすくなっていたので、用心して歩いた。

家の煙り出しから細い煙が出ている。戸を開けると芋粥の匂いがする。

「帰ったぜ。吊るし柿をもろうてきたぞ」

「おっとう、ほんとか」

四歳になる丈助が飛び出てきた。

「ほんとじゃ、ほら」

嘉兵衛が干柿を渡すと、丈助ははしゃいで座に上がる。

「やった。おっかあ、食べていいか」

「晩飯、食べてからにせえ」

祖母のおもんがたしなめる。

息子の死で弱っていた祖母のおもんも、丈助の存在で元気を取り戻し、おしまの妊娠で更に気力が増したようだ。丈助の子守をしながら、おしまになにくれと気を回す。

「おしま、お前は二人分なんじゃから、これも食べえ」

おもんは晩飯の時いつも、自分の分をおしまに渡す。晩飯といっても麦飯が食べられればいい方で、サツマイモとアワやヒエの雑炊がほとんどだった。

ただ広見川は魚の宝庫で、山にも食べられる野草や木の実があったので、辛うじて飢えをしのぐことができた。

「ばあちゃんも食べんと」

おしまは断るのだが
「わしはお前らが仕事しよる時に食べた。年寄は早いんよ」

「ほんとか？」

「ほんとよのう、丈助」

「うん、ばあちゃんとひがしやま（干芋）食べた」

丈助が言う。保存食用に作っておいた干芋を、二人で食べているらしい。

「丈助はいいな」

末妹のおてるがおどけて言う。おしまの直ぐ下の妹おちよは延川《のぶかわ》村（現鬼北町延川）に嫁ぎ、十六歳のおてるだけがまだ家にいた。

「おっかさん、本当にいいんか？」

おしげが心配そうにおもんを見る。

「わしはお腹いっぱいじゃ。それより眠うなった。もう寝かせてもらおう」

おもんはそそくさと離れにある自分の部屋に帰ってしまう。

そんなことが半年続いた六月（西暦七月）、おもんは倒れた。餓死寸前で、食べ物を受け付けない状態だった。布団に寝かされたおもんの周りに家族が集まると、

「ごめんなさい」

とおてるが泣き伏した。

「どうしたのおてる」

臨月の迫ったおしまが戸惑っておてるを見る。

「ばあちゃん、何も食べてなかったの」

おもんはひがしやまや山ぶどうやナツメやイチジクやクリやシイの実などを食べたから夕飯はいらないと言っていたが、本当は丈助だけに食べさせ、自分は食べるふりだけしていたのだとおてるが話す。一月ほど前、おてるは偶然その現場を見たのだが、おもんに口止めされていたのだという。

「おてるのせいじゃない」

弱々しい声で、おもんが言う。

「わしが望んだんじゃ」

「どうしてそんなことを」

おしげが泣きそうな顔でおもんを見た。

「わしはどの道、長ごうはない。丈助は松左エ門が命をかけて守った子じゃ。わしの命はおしまの腹の子に受け継がれる。それが大事じゃ。おてるも、いい婿さんもろて、元気な子を産むんじゃぞ」

嘉兵衛は、祖父の死を思い出した。

(誰もが、子に孫に思いを、命を託す)

「おばあちゃん」

おしまとおてるがおもんにすがりつく。

「おばあちゃん、大ばあちゃんどうかしたの？」

丈助が不安そうな目でおしげを見る。おしげは泣きながら丈助を抱きしめた。

おもんは翌朝、眠るように、枯れるように亡くなった。その翌月、おしまは女の子を生み、おさとと名付けた。

10

おもんが亡くなってからも天候不順は続き、翌年は大雨に暴風雨、ウンカの大発生と年々状況は悪くなった。農作物ばかりか、山の木の実も実を結ばず、川の魚も減ってきた。

天明六年（一七八六）の天明の大飢饉では、吉田藩の米どころ三間郷でも大量の餓死者が出て、その死体が河原に撃ち捨てられ、寺や神社に投げこまれる有様だった。

嘉兵衛は村で餓死者を出さないために、以前親しくなった土佐の猟師・吉造からイノシシやシカの肉を買っていたが、罠の仕掛けを教えてもらって、ウサギやウリボウくらいなら自分で捕るようになった。村人たちと山に入り、カタクリや山芋を掘ったり、山ブドウ、トチの実やシイの実やオニグルミや食べられるキノコを採ることも増えた。

冬になると木の実などはなくなるが、獣は罠にかかりやすくなる。

天明七年一月（西暦一七八七年二月）早朝、山に行くと、ウサギとヤマドリが罠にかかっていた。寒さで固くなっているのでそのまま背負子に担いで山を下りる。

山から帰ると、鉄五郎が慌てて駆け込んできた。

「嘉兵衛さん、大変だ」

「どうした」

「宮ノ下の樽屋與兵衛が捕まった」

「え？」

樽屋與兵衛は鉄五郎の遠縁に当たる。

「神主の土居式部様と一緒に強訴の疑いで」

土居式部は宮ノ下村（現宇和島市三間町宮野下）三島神社の神主で、戦国時代三間地域を治めていた土居清良の末裔と言われている。樽屋與兵衛は商人で、村役をしていた。

嘉兵衛は結婚して間もない頃、鉄五郎に誘われて宮ノ下村の秋祭りに行き、二人に会っていた。土居式部は武家の出らしく凛とした品のある神主で、樽屋與兵衛は気難しそうな部分もあったが誠実そうな人だったのを覚えている。

「どうしたらいい」

「動いちゃいかん。お前まで仲間だと思われる」

「だけど、おっかさんの従兄弟なんだ」

樽屋與兵衛と鉄五郎の母は従兄弟の中でも親しいようだった。鉄五郎の父親が亡くなってからは特に、なにくれとなく相談に乗ってくれていたようである。

「おっかさんの側にいることだ。これ以上おっかさんを不安にさせてはいけない」

そう言うしかなかった。

「わかった。そうする」

鉄五郎も賢い男だ。自分の置かれた状況をよく理解している。下手に騒ぎ立てて得することは何もないし、一百姓では何もできない。

鉄五郎が帰った後、嘉兵衛はウサギとヤマドリを捌いて小分けにすると、その一部を竹皮に包んで鉄五郎の家に向かった。途中役人たちが嘉兵衛を追い抜き、鉄五郎の家に入っていく。

嘉兵衛も走った。

鉄五郎の家では、役人たちが家探しをしていた。よく見るとそれは郡奉行所の役人ではなく、紙方役人だった。提灯屋栄蔵と覚蔵もいる。栄蔵と覚蔵は紙方役人が雇っている無頼漢で、抜け紙、抜け楮を摘発する手下だ。

栄蔵と覚蔵は百姓ではない。土佐から流れてきたとも聞く。役人たちは百姓を取り締まるのに、よく彼らを使った。

百姓たちは自分たちより身分が下と蔑んでいる無頼漢に摘発されるのを憎み、無頼漢たちはそれがわかっているので余計厳しく取り立てる。役人たちは、百姓と無頼漢を反目させることで、自分たちに直接恨みの矛先が向かないようにしているのだ。

(うまいやり方だ)と、嘉兵衛はいつも思い、そのやり方を憎んでいた。

栄蔵と覚蔵は、強盗のように家の中を荒らしまわっていた。

「お役人様、紙がありました」

栄蔵が箪笥の中から五、六枚の鼻紙を見つけ出し、自慢気に差し上げる。

「よし、取り上げろ」

下っ端役人が大仰に命じる。

「ここにもありました」

長持の中から、覚蔵が変色しかけた紙を引っ張り出す。

「仙貨紙じゃないか」

役人が手にした仙貨紙を、鉄五郎の母親が奪い返す。

「これは何年も前の物です」

仙貨紙を抱きしめる。

「ずっと隠し持ってたということか」

「違います。これは」

「さっさと渡さんか」

覚蔵が、言いかけた母親から力づくで仙貨紙を奪い、母親を突き飛ばす。母親は壁に頭を打ち付け気を失った。

「おっかさん」

鉄五郎が駆け寄る隙に、覚蔵たちは押収した紙を持って出ていく。

嘉兵衛も鉄五郎に駆け寄った。

「おばさん、おばさん」

母親がうっすらと目を開ける。

「あん人の紙」

「あれは、おとっつあんが、おっかさんが嫁に来た時におっかさんのために漉いた紙なんや。おっかさんは、ずっと大事にしとった」

鉄五郎の悔しさが、嘉兵衛にも痛いほどわかった。取り返せる物なら取り返したいが、紙方役人の手に渡った紙は二度と戻らない。

嘉兵衛は押収した紙を下っ端役人と覚蔵たちが山分けして、紙座には三割くらいしか差し出していないことを知っていた。それがさらに腹立たしい。

鉄五郎の母親は、栄養状態が悪かったこともあり、その時の怪我が元で三月後に亡くなった。

そしてその翌年天明八年の六月二十九日(西暦一七八八年八月一日)に土居式部が獄死した。拷問の末だと噂される。

嘉兵衛は自分の辛抱が限界に達しているのを感じていた。

11

天明八年十二月(西暦一七八九年一月)、すべてを覆い尽くすように雪が降る。雪は音さえも吸収し、雪に埋もれた村は美しい死の村に見えた。

雪が深く、山へ入ることもできないので獣も捕れない。秋の貯えは年末を待たずに底をつき、かろうじて彼岸花(曼殊沙華)から作ったデンプンがあるだけだ。

彼岸花には毒がある。そのため、作物や土葬の遺体を土中の生き物から守るため田畑や墓の周りに多く植えられる。

球根の粘液をネリ(繋ぎ)として、紙漉きの材料としても使う。

だがそれだけではない。彼岸花の球根には毒と共にデンプンが豊富に含まれていた。鎌倉時代から救荒作物として利用され、貧しい村では毒抜きの方法は知られていた。

球根の外側を覆っている黒い皮を剥ぎ、すり鉢を使って丹念にすりつぶす。水でよく洗い、七回以上流水にさらして数日間毒を流す。鍋で煮込み、天日干しにしてよく乾燥して粉状にする。楮をさらすのによく似ている。村人にはお手の物だ。秋には嘉兵衛の家でも総出で彼岸花の根を集め、デンプンを作った。

このデンプンをのりのように溶いたものだけが命をつなぎとめる唯一の食料だ。だがそれだけでは体の抵抗力が落ちる。

村では性の悪い風邪が蔓延していた。体の弱い年寄や小さな子どもが次々と死んでいく。おしげも風邪を患い、孫にうつるのを恐れて離れにこもっていた。

おしまは病状の急変を心配して隣で寝ようとしたが、おしげは「家族にうつしたくない」と頑なに同室を拒んだ。

おしまは誰よりも早く起きて台所に立ち、かまどに火を入れる。土間の台所は身を切るように寒く、水がめの水は凍っていた。表面の氷を割って、羽釜に水を汲んでかまどにかけるが、料理しようにも材料がない。板の間に上がって囲炉裏に火を起こし、温まった羽釜の水を鍋にとって湯を沸かす。そこに彼岸花のデンプンを溶かして重湯を作れば、それが朝ごはんである。食べる物はそれしかない。

おしまは土間にある炭俵から炭を取ってかまどの火を移し、炭つぼに入れると、おしげが休む離れへ行く。雪は止んでいたが外廊下から見る世界は白一色で、どこか現実離れした感覚にとらわれた。

「おっかさん、入りますよ」

板戸一枚で隔たれただけの室内は外気と変わらぬ寒さで、おしげの布団も凍り付いているように見える。

「今、火を入れますね」

おしまは火鉢に赤く燃える炭を入れる。

「湯たんぽ替えましょうか？」

返事がない。いつもの苦しげな咳も聞こえない。

「おっかさん、まだ寝とるんですか」

おしまが顔をのぞくと、おしげは寝ていたが、いつにも増して血の気がない。

「おっかさん」

ほほに手をやると、氷のように冷たい。

「おっかさん、おっかさん」

ゆすっても起きない。体が冷たく、固くなっている。おしまは、息が止まりそうになった。

慌てて部屋を出る。

「おまえさん、あんた」

おしまの声に、嘉兵衛が外廊下に来た。

「おっかさんが、早く」

嘉兵衛は離れに入り、おしげの死を確認した。

また雪が降ってきた。雪が止むまで、葬儀もできない。寒さで、亡骸が傷むことはないが、やせ細った体が痛々しい。

「せめて、粥の一杯でも食べさせてあげたかった」

凍り付きそうな離れに横たわる母親の遺体の前で、おしまが涙する。

(普通に食べられていれば、おっかさんが死ぬことはなかったはずだ)

嘉兵衛は悔しかった。

「孫たちと過ごしたかったはずなのに」

おしげは家族に看取られることなく死んだ。患って七日目。おしまは一人寂しく逝かせてしまったことが、どうしようもなく辛かった。

「おっかさんが死に、子どもたちまで死んでしまったら」

おしまは母親の死で、気持ちが不安定になっていた。

「死なないように、わしらで守るんだ」

嘉兵衛が、おしまの肩をつかむ。

「何があっても、どんなことをしても」

「おまえさん」

おしまが嘉兵衛に抱き着いて泣く。嘉兵衛はおしまを強く抱きしめた。抱きしめながら、嘉兵衛は心にあることを決意していた。

第二章　鈴木作之進

1

天明八年六月二十九日（西暦一七八八年八月一日）。降りしきる雨の中、鈴木作之進勝名はお役目を終えて、郡奉行所のある陣屋町（吉田藩は城ではなく陣屋が置かれていた）から御家中町に帰ってきた。昨年に引き続いての豪雨続きで、今年の米などの収穫も危ぶまれる。

吉田の町は明暦三年（一六五七）宇和島藩主伊達秀宗が五男宗純に十万石のうちより三万石を分地した折、造成された町で、作之進の住む家中町は陣屋町と町人町の間にある。

それぞれの町は川で隔たれていて、家中町の主体は川に囲まれた中の島にあった。作之進は増水した川にかかった橋を渡り、士分の住宅が並ぶ下組へ着いた。

雨の中、慌ただしく走り去る役人に会う。何事か起こったのかと思いながら、同心長屋の一角にある我が家に入る。

「おかえりなさいませ」

妻と息子が出迎える。息子・俊治は養子で同じ中見役を拝命したばかりだった。

「何かあったのか？」

蓑笠《みのかさ》を妻に渡しながら、作之進が問う。

「土居式部が獄死したそうです」

俊治の言葉に、作之進は一瞬動きが止まる。

「あなた、食事の用意ができております」

妻の声に作之進は奥に入った。雨に濡れた体を拭き夕餉を済ますと、作之進は書斎に入り障子を開ける。海風が潮の香を運んでくる。

作之進は土居式部と樽屋與兵衛が起こした土居式部騒動を思い返した。

それは昨年、天明七年（一七八七）のことだった。その前年・天明六年は天明の大飢饉が起こった年で、藩内でも多くの餓死者を出した。土居式部と樽屋與兵衛の住む三間郷宮ノ下村は吉田藩でも有数の米どころだが、それだけに甚大な被害が出た。

この二人が、謀り合って強訴を起こそうとしているという情報を内通している百姓から受け、二人を捕縛したのは作之進たちだった。作之進はその功績で、褒賞も得ていた。

郡奉行所配下の役人としては当然の行為だが、中見役として百姓たちの実情を見ている作之進には、百姓に同情する気持ちもあった。

三島神社には多数の餓死者が捨て置かれ、その惨状と無策な藩政に憤り、土居式部は起ち上がったと言われていた。

だが土居式部と樽屋與兵衛だけで強訴を起こそうとしたはずもなく、仲間の名前を吐かせるために、厳しい取り調べが行われているという話は、作之進も耳にしていた。

(責め殺されたのだろうか)

土居式部の死に自分も関与していることが、作之進の心に澱となって沈んでいく。

(藩政が変わらなければ、第二、第三の土居式部が現れるかもしれない)

作之進は郡奉行直近の配下である中見役として実務を担当する。庄屋による村政が円滑に行われているか指導をしたり、治安に当たる。作物の生育状態を見、百姓の要望を聞き、諭し、動向調査もする。

作之進は役目に忠実な役人だが、今の藩政がいいとは思っていなかった。ただ、自分の分というものはよくわかっていた。

作之進は寝る前に、日記を付けた。書くことで、自分の気持ちと折り合いをつけていた。

2

山奥郷の冬は、吉田の町よりもかなり冷え込む。

天明九年一月(西暦一七八九年二月)、まだ夜が明けないうちに小松村(現鬼北町小松)番所を立ち、作之進は川上村（現鬼北町川上）、上大野村と足を速めた。吉田の家を出て三間（現宇和島市三間町）の村々を回り、宮ノ下村で一泊して川筋郷（広見川中流域の小倉村《おぐわ》（現鬼北町小倉）から下流の九か村）を回り、小松村番所で泊って山奥郷を回るのがいつもの行程だ。

昨年の年末は雪が多く、山奥郷は雪に閉ざされた上、はやり病が蔓延して亡くなった者が多かった。食糧事情が悪いせいだと、作之進は思っていた。

雪のせいでなかなか行けなかった山奥郷にやっと入ることができた。山頂付近は雪に覆われ、山里にも年末に降った雪がうず高く積まれ、固まっている。

そんな身を切るような寒さの中、百姓たちが川の中で楮（梶草）の皮をさらしている。この広見川は、ここから土佐の大河・四万十川に流れ込み、土佐湾へと続いている。作之進は川沿いの道を上流へと歩きながら、百姓たちの仕事を眺めた。

米の取入れが終わると、川筋郷から山奥郷の村々では紙漉きが始まる。楮を蒸して皮をはぎ、その皮を束にしてまた蒸して、木槌でたたいて籾殻をまぶして足で踏んだり手でもんだりして黒い表皮を取り除き、さらに川で洗い流してチリや変色した部分を取り除き、寒に干す。

三日ほど寒にさらし、冷凍、解凍、乾燥を繰り返すと、繊維が柔らかく、白くなる。それを叩いて繊維を取って紙に漉く。寒い中で、手間のかかる仕事だ。

米が不作の今こそ、副業の紙漉きで生活が凌げればいいのだが、吉田藩は藩内の特産品である紙の買い取りを叶と三引を屋号とする両法華津屋に独占させていた。

両法華津屋は百姓に紙の原料である楮の苗を高利で貸し付け、生産した紙を安く買いたたいていたので、百姓の借金は減ることがなかった。そればかりか本来は買掛である商品にまで、貸付として利息を取っている。

　紙の専売制度に関しては、郡奉行所は直接関わることができず、紙方作配が仕切り、法華津屋が業務を行っていた。

　作之進が上大野村まで来た時、騒ぎがあった。五平の家だ。役人ともめているようなので駆けつけてみると、紙方吟味御小人組抱えの覚蔵が皮はぎした楮の束を抱えていた。

　御小人組というのは、武家の雑役に従事した下級士卒（足軽）のことで、覚蔵はその御小人組に雇われた身分だった。

「それを持っていかれては、紙が漉けません。返してくだせえ」

　取りすがる五平を覚蔵が乱暴に払いのける。

「何事だ」

　作之進を見ると、覚蔵は一瞬嫌そうな顔をし、五平は安心した表情になる。

「抜け梶でございます」

　覚蔵が大仰に言う。

　紙方吟味では、覚蔵の様な者を長屋に住まわせ、刀を一本与え、楮や紙の横流しを防ぐ名目で何人も雇っている。作之進たち郡奉行所の役人は、覚蔵たちを「忍びの者」と呼んでいた。

「忍びの者」は身分的には百姓より下だが、紙方役人に権限を与えられているので、百姓に対しては乱暴だ。ただし、作之進のような士分の者には身を低くする。

特に覚蔵は強引で、まだ暗いうちから手提灯を手に家々に押し入り、その家で使うために置いておいた紙や楮まで抑えるので、提灯屋武兵衛の異名を持っていた。元は土佐の出と言われている。

「抜け梶でございますよ、中見役様」

覚蔵がおもねるように言う。作之進はこの男が嫌いだった。それは覚蔵もわかっているようで、なおさら低姿勢に出る。

「証拠があるのか」

確かにこの地域の一山越えた土佐の津野山地域も紙の産地で、原料の楮を高く買ってくれると聞く。そのため楮の横流しがあるのは事実だ。

「こうやって束にして、屋根裏に隠してあったのが何よりの証拠ですよ」

作之進は五平を見た。哀願する目で自分を見ている。その後ろには、女房と病人の様な老婆が不安そうに立っていた。

「おっかさんの看病で手が回らなかったから、しまっておいたんですよ」

声の方を見ると嘉兵衛だった。舅の跡を継いで先組頭を務めている。他にも村の者たちが集まっていた。

「わしらも手伝って、できるだけ早よう紙が漉けるようにしますけん、こらえてください」

「なに勝手なこと言いよるんぞ、お前らも同罪で引っ張るぞ」

覚蔵がいきり立つ。

作之進は、抜け梶だろうと思った。役人としてなら、覚蔵の言い分を聞くべきだ。だが一人の人間として、覚蔵は嫌いだ。百姓が抜け梶する気持ちもわかる。その原因は藩にある。

作之進はもう一度、覚蔵と五平家族、嘉兵衛の顔を見た。一番信用できるのは嘉兵衛と思われた。嘉兵衛の言い分をとり入れることで、上への言い開きもできる。

「部落の者で五平家族を助けて、期日までに紙を納入するように」

目こぼしする代わりに抜け梶をさせないようにと含ませたが、嘉兵衛には通じたようだ。

「確かに、先組頭として承りました」

百姓にしては堂に入った態度だ。

「そんな、せっかく」

当然、覚蔵は不服を言う。

「ご苦労だったが、間違いもある。梶押さえには慎重さもいるぞ」

作之進は、わざと苦言を呈した。

覚蔵達が幅を利かせるようになったのは、安永年間（一七七二〜一七八一）に起こった高野《たかの》子《こ》村（現西予市城川町高野子）の抜け紙騒動からだ。

当時、高野子村の紙は、叶の高月與右衛門の入山（専買）だった（現在は全ての地域の紙は、叶・三引両法華津屋の専買になっている）。その與右衛門の手代が自ら、または宇和島藩内の者を使って忍び買いをして、抜け売りをしている者を摘発した事件だ。

與右衛門に売るより、抜け売りの方が値段がいいのでそれが横行しており、それを防ぐために画策されたことだと思われた。吟味の結果、抜け売りをしていた嘉膳太夫という百姓は村を追放され、與右衛門の手代は山奥郷への出入りを禁止された。

それから、紙方が抜け紙の摘発に力を入れ始め、覚蔵のような者たちを雇うようになった。結果、紙の抜け売りは大幅に減ったが、紙の原料である楮の抜け売りはまだある。

作之進は、町人には莫大なお預け銀を与え、百姓には紙漉きをしているからといって諸役を免除することもなく、個人的な営業もさせないことに問題があると考えていた。

そのため、山奥郷の者たちは両法華津屋を恨み、内心では法華津屋を通さずに直接藩に納めることを望んでいた。だが、紙方の者たちは、藩のためというより法華津屋のために働いているような有様で、嘆かわしい。

それが分かっていながら、何もできない自分自身も、作之進は嘆かわしかった。

3

天明から寛政元年となった八月二十一日（西暦一七八九年十月九日）、樽屋與兵衛も獄中死した。土居式部騒動に関係した仲間の名前を聞き出すことは、二度とかなわぬこととなった。

年貢取り立て時期になり、作之進は上大野村の年貢納入に立ちあっていた。上大野村の庄屋は父野川村の芝家が兼任しており、上大野村では納税のために隣の父野川村まで荷を運ばなければいけない。

芝家の御用宿では、代官・岩下万右衛門が板張りの座敷に座布団を敷いて座していた。座敷前の土間では、役人たちが大豆や米の計量を行っている。作之進はその様子を、忸怩たる思いで見ていた。

外は秋雨が降っていた。今年は雨が多く日照不足で米の出来が悪い。だからと言って年貢量が減るわけではない。百姓たちは重い米俵を担いで順番を待っている。荷車のまま運び込むことができず、庭から担いで入る。その上、雨の日は、米俵を下に置くことが禁じられていた。米俵が湿気を吸って重くなるからいけないというお達しだ。それほど百姓に負担を強いらなくてもいいのにと作之進は思うが口には出せない。

大豆も年貢対象で、役人が升で計っている。その升が食わせ物だ。役人が計る升は底がくぼんでいて、多く入るようになっている。そのことは、ここにいる全員が知っている。だが上からのお達しなので、誰も文句が言えない。

岩下代官が退屈そうにあくびをする。作之進はこの代官があまり好きではない。上にはへつらい、下には威張る。典型的な小役人。それでも作之進より身分が上、従うしかない。

米俵を担いで立っていた年寄がふらつく。後ろにいた嘉兵衛が、米俵を支え年寄を助ける。嘉兵衛は上大野村の責任者として同席していた。

「久松じいさん、わしが替わろう」

「すまんのう」

久松じいさんは嘉兵衛と交代すると、土間の隅にへたり込んだ。嘉兵衛は順番を後の者に譲りながら、最後が来るまでずっと立ち続けた。

嘉兵衛は組頭としては若いが、村での人望があるようだ。文字が書けるので、代書をしてお礼をもらっているという話も聞く。

作之進はふと、同僚や上司のことを考えた。侍の中に人望がある者が見当たらない。

(あえて言うなら、安藤様くらいか)

安藤儀太夫は末席家老だ。身分が違うので言葉を交わしたことはないが、温厚で生活が質素で、唯一法華津屋から賄賂を受け取っていない家老と言われている。

ただ宇和島藩藩主村候の肝いりで家老に抜擢されたことで、快く思っていない藩士もいる。身分の高い者ほどそのようだ。

(安藤様にもう少し力があれば、百姓の暮らしも少しはましになるかもしれないが)

作之進は百姓に同情的な気持ちを持っていたが、役目柄そう見せることはなかった。

無事年貢納入が終わると、夜は庄屋所で宴会となる。百姓から搾り取るだけ取った後、さらに接待を要求する。百姓たちは年貢納入後に難癖をつけられて増税されるのを恐れ、求めに応じるしかない。

作之進はこの宴会に出るのが嫌だった。村の女たちが、シシ汁やアユの塩焼きや川ガニとサトイモの煮つけや栗の甘露煮など、自分たちが秋祭りくらいにしか食べられない料理を膳に載せて運んでくる。

「いつ来てもこの村は、年寄ばかりだの。若い娘はおらんのか」

岩下代官が不満を漏らす。

「申し訳ございません。粗相があってはいけませんので、厳選して選んでおりますので」

芝庄屋が取りなす。

(粗相をするのは、役人の方だろう)

作之進は、村娘たちの身を守るために、庄屋が敢えて年配の地味な女たちを接待係に選んでいるのだと知っていた。作之進が見回りをしている時でさえ、若い娘は役人を見かけると姿を隠す。

自分たちはあまり飲めない濁酒や清酒も振舞われ、役人たちはいい気分で騒ぎだす。

「どうされた鈴木殿、このアユの塩焼きはなかなかいけますぞ」

浮かない顔で料理を口に運ぶ作之進に、隣の席の酔っぱらった同心が勧める。

「酒もあまり飲まれてないよう」

「鈴木殿はいつもそうだ」

別の同心が口を挟む。

「無粋故、ご勘弁ください」

作之進はそう言って席を立った。

縁側に出ると、どこからともなくキンモクセイの香りが漂ってくる。半月の淡い光に照らされて、庭の片隅に黄金色の花を見つけた。と同時に、キンモクセイの横に立つ男と目が合った。

嘉兵衛だ。先組頭なので、庄屋宅にいても不思議ではないが、今時分何の用だろうと訝しく見ると、嘉兵衛は作之進に頭を下げて立ち去った。

虫の声が一瞬静まり、また鳴き始める。座敷の喧騒より、ここの方がよほどいい。作之進は縁側に座ると、満天の星に彩られた夜空を見上げた。

4

半鐘の音で、作之進は目を覚ました。慌てて半纏を羽織り外に出ると町人町の方が真っ赤に燃えている。寛政三年十月（西暦一七九一年十一月）のことだ。

（また火事か）

昨年の冬も吉田の町は大火を出した。町人町と士分の者が住む家中町は川で隔たれているので、こちらまで火が広がる心配はないが、作之進は憂いた。

町人たちの安否や今後の生活よりも、正直百姓たちのことが気になった。昨年の大火の後も、復興のために増税を強いられたのは百姓たちだった。

仕事柄、町人との付き合いは少ない。どうしても付き合いの多い百姓に情が移る。その上、増税の通達をするのは代官だが、中見役は直接百姓の矢面に立つ仕事でもあった。

作之進は気が重くなった。現場を知らない、いや知ろうとしない藩のお偉いさんたちが、乾いたぼろ雑巾からまだ水を搾り取ろうとするように、何かあると百姓に増税する。このままでは百姓たちは餓死するか反乱を起こす。

昨年の増税通達の時も、作之進は上役の郡奉行に、その愚行を進言したが、取り合ってはもらえなかった。上役の意識は、その上役にあり、百姓たちには向いていない。上の言うことは絶対で、その意に沿わない意見は無視される。

作之進も武士である。謀反を企む百姓は躊躇なく捕まえる。だがその原因を作るのが藩の悪政だということは理解していた。

「大丈夫でしょうか？」

振り向くと、妻が不安そうに立っていた。

「火はこちらには来ないだろう」

作之進の心配は、今よりその後にあった。俊治も心配そうに対岸の火を見ている。

「昨年より火の回りが激しいように見えますが」

昨年の火事で火の用心は強化されたはずだったが、効果がなかったようだ。

「火消方の方々も大変ですね」

妻の友人が火消方に嫁いでいるのを思い出す。火消方は通常は武士たちが住む家中町だけを担当するが、さすがにこの大火では町人町まで出張っていることだろう。町人町には町火消しがあるにはあるが、自警団的なもので、専門職ではない。

「冷えてきた。中に入ろう」

こうやって見ていても、自分たちでは何の役にも立たない。

作之進は屋敷に入る前に、もう一度火に包まれる町に目をやった。炎の向こうに、山奥の村々が見える気がした。

(何事も起こらなければいいが)

作之進は暗澹たる気持ちで、床に戻った。

火事の被害は昨年を上回り、百八軒が焼失し、復興には莫大な費用が必要となった。火元と思われた商家は全財産を失い賠償はできず、その費用を立て替えたのは、昨年に引き続き法華津屋だった。立て替えたのであって、寄付ではない。藩はさらに法華津屋に借金することになる。

法華津屋の藩への発言権は益々強くなり、作之進は、

(吉田藩は、法華津屋の藩ではないか)

と思う。

吉田の藩主伊達村芳は十七歳の江戸育ちで、まだ一度もお国入りしたことがない。藩政は主席家老の飯淵庄左衛門が牛耳り、次席家老の尾田隼人も追従している。

一番思慮深そうな安藤儀太夫に力はなく、江戸家老の松田六右衛門の姿は見えてこない。御用人三名は何をされているのか、作之進には全く分からない。

目付で紙方差配頭取の井上治兵衛や今城利右衛門をはじめ、影山才右衛門や国安平兵衛など紙方役人は皆、多かれ少なかれ法華津屋から賄賂を受けていると聞く。中老の鈴木弥兵衛や芝安左衛門も悪い噂がある。中老の郷六惣左衛門は百姓に対しては強硬だが見識があり、戸田藤左衛門や目付久徳半左衛門も悪くはないと藩士たちの評判だ。

作之進が案じた増税は、直ぐには行われなかったが、その翌年、百姓は別の方法で重責を負うことになる。

5

寛政四年十一月（西暦一七九二年十二月）、鈴木作之進は郡奉行所で、郡奉行横田茂右衛門から渡された書類を読み憤りを感じた。

「これは酷すぎます」

『紙方御仕法替』と書かれた書類を閉じ、作之進は抗議した。

紙の買い取りの効率化と抜け売り防止強化のために、新たに紙方役所を特設するというのだ。米や大豆の不作から、それらへの増税は無理とみて、紙から増税しようと考えたようだ。紙の専売業者、法華津屋から圧力、または進言があったとも思われる。

「これでは、当郡奉行所の面目もない」

横田郡奉行もぽつりと言う。

郡奉行所は直接紙の専売制には関わらないが、百姓の自治を管理していた。だが、独立した役所が設けられることになるとその権限さえも奪われかねない。横田郡奉行が面目もないというのは当然だ。

とは言っても、紙方役人の責任者・紙方作配頭取は目付の井上治兵衛で郡奉行より上席であった。紙方作配頭取はもう一人、目付役として今城利右衛門がいるが、病のためほとんど出仕することがなく、井上がほとんど差配している。特設役所が設けられることで、井上の権限が増すことになるし、紙方役人の無法が増長されるのは目に見えている。

紙方役人は、井上の下に紙方作配方目付役が影山才右衛門、紙方改目付役が国安平兵衛、紙方改下代が銀右衛門であった。紙方役人は総じて、百姓から嫌われていた。紙方役人たちは村々に入る際、納税時の代官所役人以上に庄屋宅での接待を強要し、抜け売り摘発と称して家々を捜索して、家々で使う紙や楮まで取り上げていたからだ。

その上さらに嫌われていたのは、覚蔵たち手下だ。彼らには学がなく、礼儀とか人情も持ち合わせていない。作之進は村々の治安を預かる者として、彼らの郷内立ち入り禁止を上申したかったが、紙方役所など設置されればそれも難しくなる。

紙方役人の担当地域は、主に川筋郷と山奥郷で、その地域を管轄する代官は中組代官岩下万右衛門。岩下代官は郡奉行配下だが、実態は紙方配下のようなありさまだ。

郡奉行は横田茂右衛門と小嶋源太夫の二名で、交互に任務に当たっているが、領域が広いので百姓たちを力で抑えるのは無理で、作之進たち中見役がそれぞれの担当地域で百姓と藩との調整役として頑張っていた。

横田は百姓を憐れむ心を持ち合わせていたが、小嶋は四角四面で何かと口うるさかった。

「百姓たちは、ただでさえ借金に苦しんでおりますのに、これでは、家の鼠を狩るような仕打ちではありませんか」

作之進は横田に訴えた。今のままでも、百姓たちの借金は返すだけで二十年以上もかかることを、作之進は知っていた。

「昨年の大火で藩の借財も増えたからのう」

「お家の事情はわかっておりますが」

藩財政がひっ迫していることは、作之進もよくわかっている。だがその付けをいつも百姓に押し付けるというのは、お上の無策といえるのではないか。

「上申書を書いてもよろしいでしょうか」

小嶋には言えないことだ。

「よかろう。書けたら、わしが安藤様にお渡ししよう」

安藤様とは、家老の安藤儀太夫のことだ。

「よろしくお願いいたします。これは持ち帰ってよろしいでしょうか」

『紙方御仕法替』を示す。

「それを熟読して、書くがよかろう」

「ありがとうございます」

作之進は『紙方御仕法替』を懐にしまい、郡奉行所を辞した。

作之進は正月中も吉田の家に帰らず山奥郷で過ごし、百姓たちの要望を聞いて回った。それを元に年が明けて直ぐに「百姓の事情をわきまえず、時機を過つ」ものとして、六か条の上申をした。

一　紙漉きは、六十歳以上十五歳以下を除いて、一人に付き漉高を定め、その分を請け負いとして納めさせ、それ以上を漉こうが漉くまいが自由にさせて、その余力で漉いた分は、借金の返済に充てさせること。

ただし、利子は今より安くすること。ことに近年は銀主（法華津屋）には藩からの御渡銀もあることから、その待遇の差に、百姓からの恨みも聞こえます。

下々の者が感服いたすように、漉高お定めも、紙船一つに付き幾らと定めていただけるとありがたく思います。

一　請け負い紙以外は、銀主といえども、定価に三十分の一を加えて買い取るように定めること。

近年銀主への恨みが増している原因は、紙の値段が他と違う（他藩より安い）ことによります。ですからこのお定め（『紙方御仕法替』）は怪しいと思われます。

一　他の藩の紙取次と差がないようにしてください。

これは次のようなことがあったためです。

紙買いの手代が自分の入山を自分に抜け買いさせたことがあります。それ以降、庄屋への取次もなく、勝手に紙の取次をしています。それを止めさせてください。そうしないと庄屋がお世話できなくなります。

一　紙買の株を新たに設けてください。

これは従来、紙買いの株は幾株と定まっており、新たな業者の参入ができませんでした。近年、桑名屋善右衛門が紙買いをしたいと申しております。只今は古くからの紙買いは皆零落して、再発は難しく、たいてい両高月（法華津屋）が買い受けております。

これでは対象の村々の気風が悪くなるばかりで、ますます恨みが増してしまいます。

一　楮の買い取り価格を定めてください

これは、楮を作っている村々が大変迷惑していることです。

一　楮と紙の改めをするのに、忍びの者を使うのを止めてください。

これは一番に申し上げたいことです。その者たちは、百姓たちを家の鼠を狩るように追い立てます。これでは第一、庄屋も役人も安心して仕事をすることができません。

さらにそのせいで、年々御用多々になっており、紙方、郡奉行所両方の書面にも、彼らには、庄屋も役人も大変難儀していると訴えられています。

前記六か条の上申書を書いて、作之進は横田郡奉行に渡した。

横田郡奉行は目を通した後、郡奉行所の総意として安藤儀太夫に渡し、安藤は家老たちに諮った。だが、藩庁での結論は「不及是非（ぜひにおよばず）」。作之進の上申はことごとく却下された。作之進は落胆のうちに郡奉行所での仕事を終え、家中町に戻った。

作之進は下組の我が家に帰る前に、桜丁に回った。桜丁には安藤儀太夫の屋敷がある。直談判するような勇気はないが、もし安藤に会えるなら、裁定の内容を聞きたいと思った。

冷たい風が吹く中、作之進は屋敷の前で、安藤を待った。安藤は籠でも馬でもなく徒歩で陣屋から帰る。他の家老と違って、質素な方だった。安藤だけは法華津屋からの賄賂を受け取っていないという噂は本当だろうと、作之進は思っていた。

夕刻となり、安藤が一人の供侍と歩いて来る。美丈夫という言葉がふさわしい壮年の侍だった。作之進と養子俊治との中間くらいの年令と思われた。

「安藤様」

作之進は横合いから声をかけた。

「中見役の鈴木作之進と申します」

「ああ、そなたが」

安藤にはわかったようだ。

「そなたの上申書は素晴らしかった」

思いがけず、お褒めの言葉をいただいた。

「では何故?」

安藤が、厳しい顔になる。

「わしの力不足じゃ。すまん」

頭を下げられ、作之進は面食らった。

「一度出されたものを、直ぐに取り下げることは難しい」

『紙方御仕法替』のことをいっている。

「今後も、お役大事に励んでくれ」

安藤はそう言って、屋敷に入った。

（二対一ではどうしようもないのかもしれない）

安藤の提案には、飯淵首席家老と尾田次席家老が常に異を唱えると、耳にしていた。作之進は無力感に襲われた。同時に安藤儀太夫に同情もした。

作之進は、もう一度安藤屋敷の閉ざされた門を見ると、踵を返して我が家へと道を進んだ。

後日、安藤が作之進の上申書を強く推していたことを、横田郡奉行から聞いた。それがせめてもの慰めになったが、藩政への落胆も増した。

主席家老の飯淵庄左エ門と次席家老の尾田隼人は、法華津屋をはじめ商人たちと結託して私腹を肥やしていると耳にする。またお目付け役のように本家宇和島藩から目をかけられている安藤儀太夫は、二人に疎まれ、藩政から外されているに等しいという話も聞く。

（吉田藩はこれからどうなるのだろう）

上申書以外に、一役人が藩政に意見する手段はない。その上申書が取り上げてもらえなければ、なすすべがない。

（上の方は、現場を知らない。知ろうともしない）

作之進は心の中で愚痴る。

（話を聞いてくれそうな方には、力がない）

作之進は、大変なことが起こりそうな予感がして、心休まることがなかった。

6

『紙方御仕法替』が出されてからひと月もしない十二月十九日（西暦一七九三年一月三十日）早朝、まだ夜も明けない時間に、妻に起こされた。

「あなた、川筋の人が、至急お目にかかりたいと来ています」

作之進は飛び起きた。ただ事ではないと感じた。

だが玄関に出てみると、誰もいない。上がり場に文が置いてあった。

文には女の体裁をとった文面で、『二十日夜、興野々《おきのの》（現鬼北町興野々）より誘い出し（一揆への参加を呼び掛けること）有りにて申し上げます』とある。

作之進は外に飛び出したが、薄暗い通りに人の気配はない。作之進は家に入り、妻に問いただす。

「どんな女だった」

「男でしたよ。笠で顔はよく見えませんでしたけど。草履がボロボロで、遠くから歩いてきたようでしたよ」

作之進は、直ちに陣屋町にある郡奉行所に走った。

問題は、そこから各現場にいかに迅速に人を派遣するかということだ。

この密告は偽物かもしれない。だが本当だった場合、藩の面子にかかわる一大事である。作之進をはじめ、中見役は各村々に藩への内通者を作っている。先の土居式部騒動の時も、内通者による密告で摘発できた。密告は重要な情報源だ。密告者には密かに金をつかませている。だが今回の密告者は金を受け取らずに帰った。

郡奉行所では、作之進の報告を受け、吉田の町に留まっていた役人を山奥郷の各村々の庄屋宅に派遣した。

作之進は十九日の日暮れ前に中野中村（現宇和島市三間町中野中）に到着すると、足軽と中野中村の小頭を夜通し歩かせて小松村へ遣わした。

またその日は途中で、宇和島から帰る途中の日向谷村と下鍵山村兼任の庄屋・井谷庄治に会った。井谷庄屋によると、昨日出かけた時の日向谷村も下鍵山村もいつもと変わらず暢気なものだったということだったが、今夜小松村に立ち寄って欲しいと頼んだ。

その夜は中野中村庄屋宅で、中野中村庄屋と内深田《うちふかた》村（現鬼北町内深田）庄屋、古藤田《ことうだ》村（現宇和島市三間町古藤田）庄屋と相談し、翌早朝に山奥まで来てもらうことにした。

翌二十日、作之進は早朝小松村へと向かい、大内村（現宇和島市三間町大内）入り口で高野子村の御番人・喜平太に会い、

「山奥方は、今夜月を合図に立ち、川筋より村々を誘い出すという噂です。そのために用意した物もあるということで、内通者を夜通し忍ばせております」

との報告を受けた。

またもう一人、畔屋村《あぜや》（現鬼北町畔屋）で会ったという日向谷村御番人の使いの者が同道しており、書状を受け取る。内容は高野子番人が言ったことと同じだった。

作之進は、使いの者には、

「書状確かに承りました。今小松村番所に各庄屋に集まっていただいていますので、その旨日向谷村番所にも伝えてください」

と言った。

「かしこまりました」

「それから喜平太殿は、このことを郡奉行所に知らせてください」

「わかりました」

二人は左右に分かれて行った。

途中、中間村《なかいだ》（現宇和島市三間町中間）庄屋の二宮久左衛門に出会い、急いで村に戻り村内を取り締まるように言い、合わせて川筋に赴くよう要請した。

作之進は内心痛恨の思いだった。

（あの上申書が通っていれば、こんなことにならなかったかもしれないのに）

そうは思っても、今は百姓の無法を鎮めるのが先だ。作之進は小松村へ足を速めた。

小松村は静穏そのもので、不穏の影もなかった。御番所には各地の庄屋と郡奉行配下の役人が集まっていた。

作之進は、小松村と延川村には古藤田村庄屋、川上村には中野中村庄屋、上大野村には内深田村庄屋に詰めてもらうことにした。

日向谷村と下鍵山村両村の庄屋井谷庄治は人徳があり、信頼のできる人物で、村人の評判もいいので、井谷庄屋に任せる。父野川村の芝庄屋も同様だった。

上鍵山村の菊池庄屋は藩に忠実で、作之進が山奥郷に入る時には常宿にしていた。また災害があったばかりで、特別措置で当年お救い（救済）を行ったので、騒動に参加する可能性が低いと考え、在所の庄屋だけで大丈夫と作之進は判断した。

ただ高野子村は前々から難しい所なので、もし一揆が起こるならここからだろうと思い、作之進と郡奉行配下の役人二人で詰めることにした。

作之進と古藤田村、中野中村、内深田村の三庄屋は村々を回り、越訴は天下の御法度であることを説いて回った。また作之進は、

「年越しも近いのだから、心得違いをしてお祝い事（正月）を汚すのはもってのほか。願い事があるのなら、正月十一日までに道順を踏んで願い出るように。自分勝手な振る舞いは、他の人にも迷惑になる」

と諭して回った。

作之進は今回の噂の聞き取りもした。高野子村では、下筋（川下）より日向谷村を誘い、高野子村を誘うという噂だが、その日時は誰も知らなかった。

さらに首謀者については、噂さえない。日向谷村や高野子村の下筋といえば、下鍵山村か上大野村になるが、両村とも不穏な空気はなかった。

（もしかして川上村か）

作之進がそう思ったのには訳があった。川上村の庄屋は「叶」法華津屋に縁の者。法華津屋は紙専売で百姓たちの恨みを買っている。特に川上村は、庄屋の威を借り、提灯屋覚蔵や栄蔵たち忍びの者の横暴が目立つ。

だが二十一日の聞き取りでは、下鍵山村も上大野村も川上村も誘い出される話になっており、誘い出す村がどこなのか、まったくわからなかった。

その上どの村でも、単なる噂以上の具体性がなく、百姓たちはいつもと変わらぬ仕事の様子だった。楮を蒸して皮をはぎ、川でさらしている。百姓たちの平穏な日常にしか見えなかった。

（桁打の悪説を真に受けた者がおったのかもしれん）

数年前から、桁打が吉田藩内を回って、吉田藩の悪評を笑い種にして触れ回っていた。

（あれらは、金を得るためならどんなことでも言う）

作之進は巡回中に、一揆の悪説を触れ回っていた若い桁打を捕まえて、村々から追い出したことがあった。

（悪口の方が、もてはやされるというのは、どうしたものか）

生真面目な作之進は、心に思うことはあっても、基本、人の悪口は言わない。

作之進は、二十一日の夜は延川村に泊り、山奥郷の村々の聞き取りを済ませて、二十二日に吉田の町に帰った。

7

　ところが、十二月二十九日（西暦一七九三年二月九日）夜半、岩下万右衛門から山奥よりの書状が届く。岩下代官は、十二月二十日より足軽二人を山奥郷に派遣して、自身は音地《おんじ》村（現宇和島市三間町音地）にて様子見をし、二十六日より山奥郷に入っていた。

　書状によると、『正月元旦に一揆が起こると、延川とどろに申し出た者があるので、晦日早くに鈴木作之進に来て、話を聞いてもらいたい』とのことだった。

　作之進は晦日に、岩下代官が逗留している川上村庄屋宅に着いた。

　川上村庄屋は法華津屋の縁故で財力もあり、立派な長屋門が作之進を出迎える。外囲・土塀・掛堀・板堀もあり随分と贅沢な造りだ。

「鈴木作之進、お召しにより参上いたしました」

　作之進が伺うと、岩下は一瞬目をそらした。

「実はな」

　言いにくそうに言葉を続ける。

「一揆はどうやら、ないようでな」

「はあ？」

「わざわざ来てもらって悪いが、そういうことだ」

　詳しく聞いてみると、一揆の話を聞いた者は川上村の利根酒屋より上には誰もおらず、それより下の者たちは噂を聞いてはいたが具体性がなく、誰が言い出したのか皆目わからなかったという。その上、村人たちに変わったところもなく、平穏そのものだという。

「まるで、狸に化かされた様な話だ」

岩下は不愉快そうに言う。

狸と言えば、作之進にも思い当たることがあった。それは吉田の町でのことだが、怪しい灯がこの冬、吉田の山々に現れていた。怪しき声も響き渡り、町の人々は「狸火」と呼んで気味悪がっていた。

「そういうことなので、もう帰ってもらっても構わん」

作之進は、岩下の横柄さが嫌いだった。岩下は郡奉行配下の代官だが、紙方作配頭取で目付役の井上治兵衛の配下かと思うくらい、紙方役人に肩入れをする。覚蔵たちが無法を許されるのも、代官が見てみぬふりをしているからだ。

「いえ、せっかくですので、少し村々を回ってみます」

作之進が村々を回るのは、百姓たちの話を聞くためだが、覚蔵たちの無法を抑制するためでもあった。

「そうか、好きにするがいい」

作之進は早々に川上村庄屋宅を辞した。

作之進はその足で上鍵山村菊池庄屋宅に向かった。作之進は庄屋の中では菊池庄屋と一番気が合った。菊池庄屋は温厚で生真面目、作之進と性格が似ていた。

「鈴木様もお役目とはいえ、こんな所で年越しされるなんて、ご家族の方もさぞお寂しいでしょう」

囲炉裏端で酒を酌み交わしながら、菊池庄屋が同情する。

「いえ、妻は孫がいれば寂しくないようです」

作之進の家は養子の俊治に嫁をもらい、昨年初孫が生まれたばかりだった。

「いずこも同じですかね」

菊池庄屋にも三歳になる孫がいた。

「人は皆同じでしょう」

(子や孫を思う心に、身分の差はない)

作之進はそう思いながらも、身分による違いを思い知っている。

「今年もなんとか無事に越せそうです」

一揆がなかったことを言っているのだと、菊池庄屋にはわかった。

「来年も、無事に過ぎればいいですね」

菊池庄屋は心からそう言った。

「百姓衆は、願の書を出してくれるでしょうか」

「我々庄屋が取り仕切りましょう」

「そうしてもらうのが一番いい」

「もちろんです。ですが明日は正月ですので、鈴木様はゆっくりされるといいでしょう」

「庄屋殿は、そうもいかんのでしょう」

「そうですね。朝の内は村の衆が年頭の挨拶にきます。鈴木様は離れでお休みください」

「わたしは昼から光徳院に行こうと思います」

「それはようございます。光徳院様なら、いい知恵もございましょう」

光徳院というのは、上鍵山村長谷《ながたに》部落にある寺院で、そこに住む修験者のことも光徳院と呼ぶ。光徳院は近隣住民の人望を集めていた。

8

四国西南地域は、修験道の一大拠点で、九州の修験道とつながっていた。江戸時代に入り檀家制度が敷かれて、修験道も自然崇拝より仏教色が強くなった。それでも修験道の寺は、人家から離れた険しい山の中にあることが多い。

光徳院のある長谷も奥山にある集落で、長谷の手前に巻《まき》という集落があり、そこは平家の落人集落と言われていた。修験者・光徳院はその末裔だと噂されている。

作之進は獣道のような狭く険しい山道を登って行った。足には自信がある。歩くのが仕事といってもいい中見役だ。白い息を吐きながら山道を登り、日が傾く前に修験寺に着く。寺といっても正面には鳥居があり、恵比寿神社が祀られている。神仏習合の寺である。

この寺の御神体は、三角形の大きな岩だ。寺の形態をした自然宗教ともいえる。なので、光徳院は肉も魚も食べるし、酒も飲む。作之進は酒を土産に訪ね、光徳院はシシ鍋でもてなしてくれた。

「光徳院様は、山奥の村々をどう見られていますか」

囲炉裏を囲み、作之進は白髪、白いひげで細身の光徳院に尋ねる。光徳院は、修験者というより仙人のように見える。

「そなたの見た通りだと思うの」

作之進が持ってきた酒を熱燗にして、うまそうに飲みながら答える。

「非は全て、藩庁にあると思うがの」

そうだろう、というように、作之進を見る。作之進もそれはわかっていた。

「わたしは、どうすればいいのでしょう」

作之進は百姓たちの窮状を何とかしたいと思っていた。だが身分制度の壁が大きく立ちはだかり、思うようにいかない。

「人にはそれぞれ生まれながらの役回りがある。それを全うすることだ」

「役回り・・・」

「中見役とはどういうものかの」

改めて問われ、作之進は言葉に詰まった。

「御百姓と藩の中継ぎ役」

ふと口に出た。「御百姓」という言葉が、なんだかしっくりくる。

「だがそなたはあくまで武士。百姓衆に同情しても、本当の気持ちがわかることはなかろう」

光徳院の言葉が突き刺さる。

「それでいいのじゃ。ただ、わかろうと意識することが尊い」

光徳院は作之進を優しい目で見つめる。

「見たまま、感じたままを書き留め、後世に残していくことも、そなたの役回りかもしれんの」

「残していくこと・・・」

「さあ、そなたも飲め。そなたは真面目過ぎる。多少はめを外しても、咎める者はここにはおらんぞ」

作之進は苦笑した。

(真面目しか取り柄のない自分、それを無くしたら、自分には何が残るのだろう)

作之進は自分の人生を思った。自分の家族、藩での仕事、百姓たちとの交流。

(何が残る。残るものとは、残していくものとは何だろう)

囲炉裏の火と熱燗以外自分を暖めてくれる物のないあばら家で、作之進はじっと囲炉裏の火を見ながら考えた。一瞬、炎の中に、何かを書いている自分の姿が見えたような気がした。

9

正月元旦の夜を光徳院の寺で過ごした作之進は、二日に帰り道筋にある知人の家に遊びにきたように装って立ち寄り、三日に家に帰った。そうして、五日には三間郷に入り、百姓の願いを速やかに聞き取るための手はずを庄屋たちに命じた。

一月六日（西暦一七九三年二月十六日）に川筋郷に入っていた平井多右衛門代官より急報があった。

『今朝明け六つ時（午前六時頃・日の出の三十分前）に山奥から奥ノ川（現松野町奥野川）へ越えて一揆が出ると、小頭権蔵に申し継ぎを行った者がおりますので、至急お越しください』

作之進は奥ノ川村へ向かった。だが途中平井代官からの使者に出会い、虚言であったとの書状を受け取る。

作之進は道を変え、小松村にいる岩下代官に会う。

「平井代官から一揆の急報があり向かっておりましたが、今しがた虚言であったとの報告を受けました。山奥の方はいかがでしょう？」

「何も変わったことはない。静謐そのものじゃ」

岩下はのんきそうに告げる。

「わたしは明日、奥ノ川村の方に参ります。明日は三間の庄屋たちが、願書聞き取りの仕事に携わるべく小松村に参りますので、お手配のほど何卒お願いいたします」

「あいわかった」

気のない返事である。

（明日には郡奉行小嶋源太夫や目付簡野伊兵衛も山奥に入るので、岩下代官も少しはしゃんと

するだろう）

作之進は内心軽蔑する思いで、岩下を見た。

一月七日には平井代官と会い、前日の噂を検討して、奥ノ川村で、噂の出処を当たった。平井代官は岩下代官と違って百姓にも丁寧で、百姓たちも協力的だった。結局噂の出処は土佐からということになったが、作之進は疑わしいと思った。

山奥郷からは山越えで奥ノ川村に来られる。奥ノ川村から蕨生《わらびお》村（現松野町蕨生）へ伝え、吉野村（現松野町吉野）へと伝わる手はずになっていたのではないかと考えた。

作之進は、山奥郷の庄屋役人、小頭だけにいきさつを伝え、「動きが見えれば直ちに説得せよ。止めきれなかったら急報せよ」と指図した。

また、百姓の出てきそうな経路も予想を立て、出てきた時の手はずも立てた。更に三間郷の庄屋たちに、山奥・川筋郷に来て、願い事の聞き取りに着手するよう命じた。

作之進も、岩下代官とともに山奥郷の聞き取りをした。藩に取り上げられなかったものの、作之進が自分たちのために上申書を書いたことを、百姓たちは密かに知っていたので、作之進に数々の要望を訴えた。

「そなたたちの気持ちはわかるが、十が十そなたたちの言い分を通したのでは、郡奉行所の面子もたたぬ。どうしても要求したいことを、整理して訴えてほしい」

作之進は、百姓の気持ちに寄り添いながら、郡奉行所の面目を保つ努力をした。

そんな中、事件は起こった。

知らせを受けて、作之進が岩下代官配下の同心・喜三八と共に川上村に駆けつけた時、覚蔵の遺体は川原に放置されたままだった。

川で楮をさらしていた女たちが上流から流れてきた遺体を見つけ、男たちが引き上げてみたら覚蔵だったという。

作之進は遺体を検分した。胸に銃痕がある。体が膨張していないところを見ると、長く川の中にあったようには見えない。水も飲んでいないようなので、川上村の上流で何者かに撃たれて、川に落ちたか、落とされたようだ。

「殺したのは誰だ」

喜三八が集まった百姓たちに怒鳴る。誰も応えない。

「鉄砲を持っている者を片っ端からひっ捕らえてやる」

「川上村で鉄砲持っとるんは、庄屋様だけじゃ」

村人の一人が言う。害獣鳥を追い払う農具として、庄屋は鉄砲を持っていた。実際は何人か火縄銃を持っていたが、公にすると山年貢を取られるので村では公然の秘密となっていた。

「鉄砲持っとるのは猟師じゃ」

別の者が言う。猟師は村人と違い、村はずれの山の中で暮らす者が多い。

「流れ弾に当たったんじゃないか」

「そうじゃ、今はシシ撃ちの時期じゃからの」

口々にそんなことを言う。

「流れ弾に当たって、はずみで川に落ちたのかもしれない」

作之進は、そうすることにした。

覚蔵は村人たちに恨まれている。村人に殺されたと考える方が可能性が高い。だがこの時期に、むやみに百姓たちに疑いを向け、気持ちを煽るようなことはしたくなかった。

正直言うと、作之進も覚蔵を快く思っていなかった。ある意味、殺されて当然だという気持ちもあった。

「ですが鈴木殿」

当然、喜三八は納得がいかない。作之進は冷静なそぶりで言った。

「わたしは専門ではないので断言はできないが、この村で鉄砲を見たことはない。猟師は領民とは別なので、捕らえるのは難しいのではないかな」

猟師は山の民で、定住者とはみなされていない。時々ツタや竹で編んだ籠や獣や鳥の肉や皮を里に持って来て、米や野菜と交換していく。

「山狩りをしますか」

「わたしにはそんな時間はない。どうしてもというのなら、代官所の方で取り仕切ってください」

作之進は、

(岩下代官も、今はそれどころではないだろう。一揆の噂が飛び交っているのだ。一揆が起きれば代官の失態となる。今はそれを未然に防ぐことで精一杯のはずだ)

と思ったが、岩下代官の性格を考えると、躍起になって、下手人を捜すかもしれないと思い直した。岩下代官は全体を考えるよりも、自分の感情で動く傾向があった。

「それより、覚蔵の遺体を遺族に返してやることが大事です。その手配をしてください」

作之進は喜三八に命じた。だが、覚蔵に家族はいるのだろうか？　土佐からの流れ者と聞いていたが、他の事は何も知らない。作之進は、目を見開いたまま死んでいる覚蔵に哀れを感じた。

覚蔵の死体が、男たちの手で戸板に乗せられ、庄屋所に運ばれて行く。村人たちがどこかほっとしているように感じたが、作之進は気づかないふりをして帰路についた。

岩下代官は、覚蔵の死を事故と処理した。これ以上仕事を増やしたくなかったようだ。

作之進は、十一日に岩下代官と共に吉田に帰り、百姓たちの願い事をまとめて提出した。

一　紙買い町人が山奥郷に入ってきて楮元に返上してきた紙は御用紙とし認め、その余分の紙は買い上げてほしい事
一　紙買いの者を多くしてほしい事
一　無利子の銀借金などの相談に立ち会ってほしい事
一　大豆の値段の事
一　津出《つだし》（年貢米は一度村の蔵である郷蔵《ごうくら》に保管し、そこから年貢米を出すこと）刻限の事
一　年貢米計り方の事

一　その他の米計り方の事
一　大豆乾欠（乾燥した大豆とそうでない大豆との量差を考えて余分に徴収していた）の事
一　小物成方（小豆など大豆以外の豆）掛目・升目の事
一　青引（青刈大豆）の掛目の事

「大豆の値段の事」以下の七か条は、担当役所と相談させてほしいというものだった。

右の他、数か条の願い事を提出した。

二十三日（西暦一七九三年三月五日）には、岩下代官と在目付助役・二関古吉と作之進が、願書裁決の申し渡しを行った。

「法華津屋二軒の独占商売を止める。楮元銀（紙の原料を購入するための前貸し金）は、法華津屋に代わって藩が貸し、返済に相当する紙を御用紙として収納する。残りは、紙買いたちに競争で買い上げさせる。紙買いについては百姓の利益になるよう多数命じる。年貢納入法など七か条は認める。ただし、紙方役所の廃止と古借金取り立て免除、受け運上（各商人との自由売買にして売買の際に運上（税）を徴収する制度）は却下する」

結局、裁決は、いくらか改善されたという程度のものであった。

不満顔の百姓たちに作之進は、

「栄蔵たち忍びの者は、今後絶対、村々を回らせないと紙方役所から承諾の返事があったので、まずはこれでこらえてくれ」

と、付け加えた。百姓たちは互いに顔を見合わせ、仕方なさそうにうなづいた。

ところが、栄蔵たちは平然と出回り、家々を荒らし回る。

紙方役所の下役銀右衛門は、

「紙は残らず藩が買い上げる」

と、村々に触れ回る。楮元銀相当買い上げと全量買い上げでは、大きな違いであった。

「藩は全量買い上げて、また法華津屋に売るのだろう」

百姓たちは噂しあった。

百姓たちは、役人に騙されたと思った。信じただけに裏切られたという気持ちは強かった。

郡奉行所の面子は丸つぶれ。またも、作之進の努力は報われなかった。それ以降、作之進たち役人は、「狸侍」と密かに揶揄されることになる。

作之進は、

(百姓たちは、二度と自分たちを信用してくれないだろう)

と、暗澹たる気持ちになった。

第三章　武左衛門

1

半月の光に照らされ、嘉兵衛はキンモクセイの横に立ち、庄屋所の座敷を見ていた。締め切った障子に、膳を運ぶ女たちや酒に興じる役人たちの影が映る。

（百姓は常に空腹状態だというのに、役人どもは）

村々は、秋は代官役人の、春は紙座役人の接待を強要されている。

嘉兵衛は今日の年貢納入のことを思い出していた。生憎の雨であった。そのため、土間に置くと湿気を吸って重くなるからと、納入者たちは順番がくるまでずっと担いでおかないといけなかった。

（あんな年寄りに重い米俵を長時間担がせて待たせるなど、情け容赦ない仕打ちだ）

嘉兵衛は米俵の重さでふらつく年寄を支え、担ぐのを替わった。米俵は一俵（約六十キログラム）ある。村ではそれを担げて初めて一人前の大人と認められていたが、年寄には酷な重さだ。

（土間に置いたぐらいで、そう重さが変わるわけでもあるまいに。役所のやることはいちいちみみっちい。百姓からは細かく搾り取るくせに、自分たちは吉田の町から離れるほどに羽目を外し贅沢をする）

嘉兵衛は理不尽な現状に憤りを抱いていた。

障子が開き、役人が出てきた。中見役鈴木作之進だ。嘉兵衛が立ち去る間もなく、目が合う。作之進が驚いた顔でこちらを見ている。嘉兵衛は会釈をして、立ち去った。

作之進は、役人の中では話がわかる人物だ。百姓の身になって考えてくれる稀有な役人といえる。だが生真面目で、役目に忠実で、有能。百姓としては心を許すわけにはいかない人物だと、嘉兵衛は思っていた。先の土居式部と樽屋與兵衛を捕縛したのは、他ならぬ作之進だ。

嘉兵衛は月あかりを頼りに、庄屋所のある父野川村から、自分の家のある上大野村に帰った。父野川村と上大野村両村の庄屋は芝家で、父野川村にある。上大野村で庄屋代理をするのが、嘉兵衛の先組頭の家になる。そのため、嘉兵衛の家は他の村家より広い。

夜遅くにもかかわらず、囲炉裏端には女房のおしまとおしまの末妹おてる以外に二人の男が待っていた。

「おそうなってすまん」

室内は灯火もないのでうす暗いが、月明りと囲炉裏の明かりで、識別はできる。座っているのは小頭の鉄五郎とおてるの夫・勇之進だ。

「ご苦労やったの」

鉄五郎は嘉兵衛より少し年下で恰幅のいい男だが、近年の不作であばらが浮き出るほど痩せている。小頭というのは五人組の頭で、五人組というのは村内を五軒ずつに分けて相互扶助と互いの監視をさせる組織である。

「来年から、久松じいさんは納入組から外した方がいい」

久松じいさんとは、米俵を担いでいてふらついた年寄りだ。

「わしが行くと言うたのに、若いもんには負けん言うて聞かんかったけんの」

勇之進が苦笑気味に言う。

年貢は村で幾らと決められていて、年寄りだけで生産量が少ない家は少なく、労働力が多く生産量が多い家が多く納入する。それを気兼ねして、久松は年貢を運ぶ係をかってでた。

年貢米は、庄屋所で役人の検査を受け、庄屋宅にある「郷蔵」と呼ばれる蔵に保管され、指定された日に、庄屋と村役や数人の男たちが吉田の町にある「御蔵」まで運ぶ。

郷蔵から年貢を運び出すことを「津出」といい、その刻限は藩によって決められている。父野川村など山奥郷から吉田の町まで歩くだけなら一日で着くが、荷を運ぶのは二日かかる。その費用は村持ち。吉田の町から遠いほど負担が大きいことになる。

「お腹すきなはったろう。芋粥しかないけど食べなはいや」

おしまが鍋から芋粥を椀に注いでくれる。粥といっても米はない。サツマイモと芋の茎をアワヤヒエと煮込んだ水っぽい粥だ。昨年の暮れはそれさえもなく、彼岸花の根から取ったでんぷんでしのいだ。

「すまんのう」

嘉兵衛は受け取り、うまそうに食べた。

「それで、話というのは何ですか」

嘉兵衛が食べ終わると、勇之進が聞く。

「実はな、先組頭の役を勇之進に譲ろうと思うてな」

おてると勇之進と鉄五郎が驚いて嘉兵衛を見る。

「やっぱり、行きなはるつもりかな」

おしまが覚悟を決めたように言う。

「あにさん、どういうことです？」

勇之進には突然のことで、わけがわからない。

「わしは、土居式部の志を継ごうと思おとる」

沈黙が張り詰めた空気を生み、囲炉裏の火のはぜる音が静寂を破る。

「それなら、わしもやろう」

鉄五郎は土居式部と共に獄死した樽屋與兵衛の遠縁に当たる。

「でも、どうやって」

勇之進は一番年下で、昨年おてると結婚したばかり、不安がるのも無理はないと嘉兵衛は思った。

「わしは桁打になって、藩内を回って仲間を見つけようと思う」

「家はどうするんです」

勇之進が心配そうな顔をする。

「だから、先組頭の役をお前さんに譲るんじゃ」

勇之進は義理の弟だから筋は通る。

おしまの丁度下の妹おちよは延川村に嫁いでいる。

「丈助も嘉助もおるじゃないですか」

丈助は養子とはいえ長男だし、嘉助は次男だが実の子。どちらに跡を継がせる気かはわからないが、ちゃんとした跡取りがいる。

「丈助も嘉助もまだ幼い」

丈助は八歳、嘉助は二歳。嘉兵衛には他に四歳になる長女おさとがいる。

「二人が成人するまでというのなら」

考えながら勇之進は言った。

「そうやな」

嘉兵衛は口を濁す。自分の子が先組頭を継ぐことはないだろうと思っていた。一揆の首謀者は極刑に処されるが、その家族もただではすまない。良くて村追放だ。

養子の丈助は勇之進の養子にしてもらう方がいいかもしれないとも思ったが、引き取って数年で他家に養子に出すのはたらい回しにするようで気が進まない。おしまも丈助を実の息子として可愛がり丈助も実の親だと思っている。

「おしまさんは、納得しとるんか」

鉄五郎がおしまを見る。

「おっかさんがのうなった時、覚悟は決めました」

昨年の十二月、おしまの母親は亡くなった。風邪をこじらせたせいだが、食べる物がなく衰弱していたのが原因だった。

「このままでは、子どもたちまで死んでしまう」

鉄五郎も勇之進も、同じ気持ちだった。鉄五郎には三人の子どもがおり、勇之進もこの春には父親になる。

「わしは病気ということで隠居願を出す。ここには勇之進たちが住んでくれ。わしらは勇之進の家に移る」

「そこまでせんでも」

「ここには役人もよう来る。勇之進の家の方が安全じゃ」

嘉兵衛は用心深かった。今日打ち明け話をしたのも、役人たちが皆父野川村の庄屋所で宴会をしているからだ。今日は役人の手先の小者たちも相伴に預かり、村人の監視をしていない。それを確認して帰ってきたのだ。

「家のことは、おしま一人に任すことになる。二人には気にかけてやってほしい」

「それはもちろん」

「任せてくれ」

勇之進も鉄五郎も快く請け負った。

「わしは嘉兵衛という名も捨てる。桁打・武左衛門として村々を回ろうと思う」

「ぶざえもん」

「武士にあだなす左衛門（男性の通称名）じゃ。武士に一泡ふかせてやろうと思うとる」

「それは面白そうじゃが、どうやるつもりじゃ」

鉄五郎が興味深く聞く。

「それはこれから考える」

嘉兵衛がおどけて笑う。

「ふざけんと、気いつけてくださいよ」

おしまがたしなめる。

「わかっとる。わしは決して役人なんぞには捕まらんけん」

嘉兵衛は、自信があるようにうなづいて見せた。

2

是房《これふさ》村（現宇和島市三間町是能）は、吉田藩の米どころだが、不作続きで苦しい生活を強いられていた。それでも正月ともなると、カマドには火が入り、米が炊かれる。家々の煙だしから細い煙が上っている。そんな集落で、ひげ面のみすぼらしい身なりの男が人形を操りながら、正月を祝う家々を門付けして回っていた。

「ほんに皆様　めでたい正月　升の底には瘤ができ　大豆は一月五匁さがりに　五分の役銀天から降って　米や麦もざっくざっく」

役人が升の底をくぼめて、大豆を多く取っていることを皮肉り、役銀として取られる銭が天から降ってきて、米や麦もたくさんあるよ、と唄っている。

村人たちは、自分たちが思っていても言えないことを、おもしろい節をつけて人形に唄わせるのを聞き、留飲を下げていた。

「武左衛門さん、こんな物しかないけど食べてくださいや」

門付けした家の女房が、お椀にお湯のような粥を持ってくる。お湯のようでも、米の入ったアワ粥だ。

「ありがとうございます。助かります」

武左衛門は丁寧に受け取り、口を付ける。久しぶりの米の味だ。忘れかけていた。ほのかに甘い香りもする。体も温まる。

「生き返った想いです」

武左衛門は、飲み干したお椀を気立てのよさそうな女房に返す。

「もっと米があればいいんやけど」

女房が申し訳なさそうに苦笑する。

「いえ、貴重な物をありがとうございました」

武左衛門は托鉢の僧侶のように、手を合わせた。

武左衛門は初詣で賑わう春日神社の境内でも唄う。

「お宮さんには神がいて　樽の中にも神がいる　紙を叩いて漉いたとて　敗れぬ紙はあるもので　神の心を継ぐ者が　そこにもここにも隠れてて　丈夫な紙を作ったら　哀れお上も神隠れ」

宮ノ下村三島神社神主の土居式部と樽屋與兵衛を神にたとえ、紙漉きにかこつけて遺志を継ぐ者を求める唄だが、唄いながら村人の反応を見ていた。

意味も分からず節回しのおかしさに笑う者が多い中、真剣な表情をして聞いている者がいた。武左衛門と同じくらいの年恰好で、男の子二人を連れている。

「伝六さん、明けましておめでとうございます」

村人が挨拶しているのを聞く。是房村で組頭をしている伝六だ。話したことはないが、御蔵前に年貢米を運んだ時に見かけたことがある。

「さあさ皆さん　めでたい正月　三島の神様　樽の神様　お出ましいただき　米をたらふく餅をたらふく　福福しいやら　憎憎しいやら　憎いカミさん棚に上げて　持ち上げるやら　引き落とすやら　落ちたカミさん　俵にくるみ　川に流せば　はい幸せよ」

人形を使っておどけて見せるが、言っていることは謀反の誘いだ。それを解する者を、武左衛門は探していた。

伝六は少し離れて用心深そうに武左衛門を見ていたが、男の子二人は武左衛門の近くで人形に見入っていた。子どもたちばかりか、村人の多くは、おかしそうに笑っている。笑っていないのは伝六だけだった。

伝六親子が帰って行ったので、武左衛門も境内を出て、再び家々を門付けして回ろうとした。そこに、三人の桁打らしい男たちが来て、武左衛門を取り囲む。

「誰の許しを受けて、ここでちょんがりやりよるんぞ」

「ちょんがり」とは、歌祭文を起源とする複雑な内容を演じる語り唄で、まさに今、武左衛門が演じた物を言う。瓦版のような物も多かった。

「ちょんがりやるのに、許しがいるんですか」

「当り前じゃ」

三人の中で一番年長の桁打が、すごみを利かせた。

「ちょうどよかった。わしは、他の桁打さんらに話したいことがあったんです」

愛想よく言う武左衛門に、桁打たちは拍子抜けした。

「親方に合わせてください」

桁打たちが、顔を見合わす。

武左衛門は宇和島城下に連れて行かれた。桁打たちも漂白者で、藩をまたいで移動している。和霊神社近くの橋の下に建てられた掘立小屋に案内された。みすぼらしい身なりの男や女が、品定めするように武左衛門を見ていた。彼らは、河原者と呼ばれ、武士はもちろん商人や農民にも蔑まれていた。

「ばあさま、入りますぜ」

年長の桁打が、莚の戸をはね、若い二人を伴って中に入る。

河原に莚を重ねて敷いただけの小屋に、小さな年寄りが座っていた。年寄りはちらりと武左衛門を見て、笑う。

「こりゃ、とんだきちがいが来たもんじゃ」

武左衛門も笑いかけた。

「おまえさまが、桁打の親方ですか」

「親方言うほどの者じゃない。ちょっと差配しよるだけじゃ」

武左衛門は年寄りの前に正座した。

「差配さん、しばらくわしを桁打の仲間に入れて下さい」

「どれくらいおんなはるつもりじゃ」

「三年ほどやと思います」

「まあ、それくらいならよろしかろう」

「三年って、どういうことじゃ」

先ほどの桁打が口を挟む。

「このお方は、なんか大きな目的があって、桁打をしよんなはるんじゃ」

この年寄りは、河原のばあさまと呼ばれ、人を見抜く力があった。

「大きな目的？」

「あんさんは、武士やろう」

武左衛門に問う。

「いえ、百姓です」

「何と、わしの目が狂うた」

河原のばあさまは、楽しそうに笑う。

「で、あんさんは、どこを回りたいんじゃ」

「吉田藩領内を」

「それは、わしらの領分じゃ」

男が怒る。若い二人も腕を組み、厳しい顔をする。

「竹造、狭量なことを言うもんじゃない」

ばあさまが男をたしなめる。

「吉田藩は広いぞ。桁打が七、八人おってもいいくらいじゃ」

「広うても貧しい。稼ぎは少ないんじゃ」

竹造は吐き捨てるように言う。

「実は、桁打の皆さんに、土産というか、お願いというか、見てもらいたい物があるんです」

武左衛門が遠慮がちに言う。

「ほう、なんじゃ」

「わしが作ったちょんがり唄なんですが」

「あんさんが唄を作ったのか」

「はい」

武左衛門が、懐から紙を取り出し、ばあさまに渡す。それは吉田藩役人の非道を面白おかしく唄ったもので、読みようによっては、一揆の誘い出しのような内容だった。

「なるほどのう」

ばあさまは、武左衛門の目的を察した。

「やっぱ、あんさんは、大きちがいじゃのう」

常人の考えつかぬことをやろうとする者を、ばあさまはきちがいと呼ぶ。

「なかなかいい唄じゃ。南予一円で唄うたらよかろう」

ばあさまの目にかなった。ばあさまは、ちょんがり唄が書かれた紙を、竹造に渡す。

「竹造、後でみんなに教えてやってくれ」

桁打で字が読める者は多くはない。ほとんどの者は口頭でちょんがりを覚える。

竹造は唄を黙読した。

「悪うはない。まあ、節回し次第かな」

竹造は桁打の先輩としての自負を見せ言った。

武左衛門は最初から、藩内全部を一人で説いて回れるとは思っていなかった。桁打をしていれば、きっと同業者が声をかけてくると思っていた。

藩内の桁打の力を借りられれば、藩内の百姓・漁師たちに、一揆への思いを浸透させることができると考えた。

「どうぞみなさま、よろしゅうお願い致します」

武左衛門はばあさまや竹造たちに深々と頭を下げた。

3

武左衛門は、晴れて桁打になった。竹造たち三人と鉢合わせしないように回る順番を決め、武左衛門はまず三間郷を回った。

「ほんに皆様　めでたい正月　升の底には瘤ができ　大豆は一月五匁さがりに　五分の役銀天から降って　米や麦もざっくざく」

伝六の家の番になった。伝六の家は組頭だけあって、大きい。屋敷と呼べる造りだ。

「武左衛門の門付けでございます」

玄関で叫ぶと、子どもが二人、飛び出てくる。

「人形のおじさんだ」

丈助より少し年上の男の子二人が、武左衛門を歓迎した。

「これはこれは　賢い坊ちゃん　かわいい坊ちゃん　裏の山には狸がおって　魚を捕るやら野菜を取るやら」

武左衛門が人形と一緒に踊りだす。

「海の町にも狸がおって　米をとるやら　紙を取るやら」

伝六と女房も奥から出てくる。

「山の狸はかわいいもんだが　町の狸は憎いもんだよ　狸汁ならどちらがよかろう　山はうまいが　町は食えねえ　食えぬ狸はどしたらよかろう　縄でしばって　はいおしまいよ」

武左衛門の百面相に、子どもたちと女房は笑い。伝六も苦笑する。

「武左衛門さん、ちょっと上がっていかんかな」

「それはなんとも嬉しい申し出　上がりますとも　下がりますまえ」

武左衛門は一度後ろに下がってから、中に入る。

組頭の家と言っても、食糧事情は変わらない。アワ粥にサトイモがゆでてあるだけ。神棚には黄色い餅が備えてある。キビで作った餅だろう。もち米だけの白い餅など、百姓が食べることはない。

「こんなもんしかのうて」

女房が恥ずかしそうに言う。

「いえいえ、わしにとっては御馳走です」

武左衛門は、味付けされていないサトイモを口に運び、美味しそうに食べる。

「武左衛門さんとゆっくり話がしたいけん、子どもらとちょっとへやに行っとってくれんか」

へやとは隠居した義父母の家だ。同じ敷地内にある。伝六は養子だった。

「ほな、おっかさんらに餅持って行ってきます」

「ああ、ゆっくりしてきたらいい」

女房は嬉しそうに、神棚のキビ餅を取り、子どもたちを連れて出て行った。

「わしは、あんたに会うたことがある気がするんやが」

伝六が、おもむろに口にする。

「会うたことありますな」

武左衛門は笑顔を向ける。

「この村に来たのは、初めてやろう」

「そうです」

「どこで会うたろ？」

「吉田の町です」

伝六は考える。

「吉田の町で、桁打を見た覚えはないんやが」

「その時はまだ桁打じゃありませんでしたから」

伝六がじっと武左衛門の顔を見る。

「どうもわからん」

「わかられたら、ちょっと困りますかな」

いたずらっ子のように、武左衛門は言う。

「あんた、もしかして武士か？」

武左衛門には普通の桁打や百姓とは違う風格があるように思えた。

「百姓です。元は伝六さんと同じ組頭でした」

「それじゃあ、御蔵前で」

年貢米は吉田藩の米蔵に運ばれる。米蔵がある町を御蔵前という。それぞれの年貢米を米蔵まで運ぶのは、庄屋や組頭など村役の仕事だった。

「どうして組頭が桁打に」

その問いに、武左衛門の顔が真顔になる。

「仲間を探しとります」

「仲間」

伝六は理解した。

「それであの唄」

「唄の意味を解してもろうたのは、伝六さんが初めてです」

「あれは怖い唄や。役人に聞き咎められたらどうするつもりや」

「そこは気を付けて唄っとります。百姓衆はわろうて聞いてくれます」

「それは言い回しがおかしいからや。内容はお上の批判やないか」

「そやから、わろうてくれます」

伝六は呆れた顔になった。

「全部、計算づくというわけか」

多くの百姓たちは、武左衛門の唄が明らかな藩政批判とは気づかないが、感覚的に自分たちの不満を代弁してくれていると感じるので笑うのだ。

伝六は、武左衛門を容易ならざる男と思った。

「伝六さんは式部さんとはお知り合いですか」

伝六は、自分が土居式部の謀反に関わっていたのか、と聞いているのだと思った。

「知り合いだったとしたら、どうするつもりや」

用心深く聞く。

「仲間になってもらいたいと思います」

二人は目をそらさない。

「武左衛門さんは、どこのお人かね」

「上大野村です。元の名前は違いますが」

上大野村の組頭は嘉兵衛という名だったと、伝六は思い出す。同時に、御蔵前で見かけた嘉兵衛を思い出す。こんな無精ひげはなく、小ざっぱりしていたが、よく見れば同じ顔だ。知的な目をしていると思ったものだ。

「わしは、何をすればいい」

伝六は覚悟を決めた。同じ組頭として、これ以上村人の苦難を見るのは忍びなかった。

「三間郷を取りまとめてもらいたい」

声を潜めて武左衛門が言う。

「後、陽地《ひのじ》と陰地《かげのじ》をまとめられる者がいれば教えてほしい。山奥と川筋は、わしがまとめますから」

「わかった。心当たりがあるから、わしから声をかけてみる」

「一カ所に集まったり、連判をしたりはしないでください。連絡はわしが門付けして回ります。できるだけ互いの顔も知らん方がいい」

「なら、どうやって事を起こすんぞ」

「それぞれが、自分たちで考える。ただその時は、山奥から始まるとだけ心してもらいたいのです」

「わかった」

伝六は心の奥で沸き立つ思いを押し静め、平静を装った。

4

沢松《さわまつ》村（現鬼北町沢松）は陽地といわれる地域にあり、日当たりがいい。本来なら作物が育ちやすい地域なのだが、干ばつが続くと、日当たりのよさが仇になる。

田植えの時期なのに水がない。百姓たちは川に堰を作り、水路に水を引く作業に追われている。田植えが始まれば、田植唄を唄って回るが、まだ桁打に用はない。武左衛門は汗まみれで作業している男たちを遠目に見、吉蔵寺への道を歩いた。

階段を上り、山門をくぐると、寺の境内で村の子どもたちが遊んでいる。

「あ、人形のおじさんだ」

武左衛門を見つけ、子どもたちが寄ってくる。正月から桃の節句にかけて、武左衛門は三間郷と陽地、陰地を一軒一軒回っていた。だから武左衛門は子どもたちに人気があった。

「おじさん、何かおもしろい話をして」

七つくらいの女の子が言う。

「それじゃ、昔話でもしようかな」

子どもたちが手を叩いて喜ぶ。

「むかしむかし　桃から生まれた桃太郎　犬猿雉をお供に鬼退治」

集まった子どもたちの前で、武左衛門が節をつけて昔話を始める。

「なんで、犬猿雉がお供になったの？」

八つくらいの女の子が言う。

「桃太郎さんに、キビ団子をもろうたからやな」

「キビ団子いうたら、正月にお供えする餅か」

わんぱくそうな男の子が聞く。

「そうや、坊も正月に食べたか」

「食べた。一番美味しかった」

今の農村では、キビ団子は正月だけに食べられる贅沢品だ。

「それでお供になったんか」

納得する子どもたちが哀れだと、武左衛門は思った。

「それでどうなったん？」

赤ん坊を背負った十歳くらいの女の子が聞く。

「桃太郎と犬猿雉は　船に乗って　鬼が島にこぎだした　えっちらおっちら」

武左衛門が櫓を漕ぐ動作をすると、子どもたちはおかしそうに笑う。

「あ、あれに見えるは鬼ヶ島じゃないか」

武左衛門の一人芝居が続く。

「桃太郎さん　桃太郎さん　ちょっとわたしが様子を見てきます」

声色を変えて雉を演じる。

「それじゃあ頼むよ　くれぐれも気を付けて」

「任せてください　キキーン」

羽ばたいて見せる。女の子たちがくすくす笑う。男の子たちも、食い入るように武左衛門を見ていた。

夕方になり、子どもたちがそれぞれ帰っていくと、一人の百姓が誰かを捜すようにやって来た。体格のいい男で、田仕事から直接来たようだ。服が泥で汚れている。

「藤六さんですか」

武左衛門が声をかけると、驚いたように目を合わす。

「あんたは桁打の」

「武左衛門です」

伝六から沢松村の藤六の名を聞いた時、どの男かすぐにわかった。武左衛門は人の顔と名前を覚えるのに長けていた。

「是房村の伝六さんに会いにきなはったんでしょう」

藤六が警戒するのがわかる。

「伝六さんの代理です」

「伝六さん、どうかしたんか」

「いえ、この時期、百姓が他所の村に出かけると目立ちますけん」

藩は百姓の移動を好まない。流れ者の桁打なら、村々を渡り歩いていても見咎められることは少ない。

「手紙では、ちょっとお願いがあるいうことやったが」

百姓でも小頭くらいになると、ひらがなくらいなら読み書きができる。藤六は沢松村の小頭の一人だ。万が一を考えて、手紙は気軽な調子の呼び出しになっていた。

「樽屋與兵衛さんとは、親戚筋に当たるとか」

藤六の顔が険しくなる。感情が直ぐ顔に出る。深い話はできないと、武左衛門は思った。

「與兵衛さんの従兄弟いうだけや」

「與兵衛さんの子を養子にしとりますね」

新七という名の男の子だ。

「何が言いたいんぞ」

「樽屋與兵衛さんの無念を晴らす気はないですか？」

藤六が目を見張る。

「わしは、土居式部の志を継ごうおもとります」

藤六が衝撃を受けているのがわかった。

「本気で言うとるんか」

「山奥と川筋はわしがまとめます。三間と吉田は伝六さんにお願いしました。後は陽地と陰地をまとめてくれる人だけです」

武左衛門は、真っすぐに藤六を見た。

「伝六さんは、承知しとるんやな」

「はい。わしも今日は、伝六さんに言われてきました。伝六さんに勧められて」

藤六が伝六を信頼しているのはわかった。伝六は元々沢松村に近い中間村庄屋二宮家の出で、是房村組頭の家に養子に来た。

「わかった。伝六さんの勧めというなら、あんたを信用しよう」

「ありがとうございます」

武左衛門は、頭を下げた。

「伝六さんにも言いましたが、集まったり連絡を取り合ったりは極力せん方がいい。村々には内通者もおりますけん」

土居式部たちの失敗を思う。

「ほな、どうするんぞ」

「その時まで、お互い知らん者同士で、それぞれが地区ごとに心構えだけしとくんです」

「心構え」

「いつ何があってもいいように」

「どれくらい」

「それは、状況次第です。一年先か、三年先か。山奥が起ったら、合流してください」

「それだけでいいんか」

「それだけです」

決して藩側に悟られてはいけない。武左衛門が桁打に身をやつしたのは、仲間を見つけ村々をつなぐためと藩の動向を探るためでもあった。そして起つ時期を決める。だが本当は、一揆など起こしたくはない。起こさず、藩に百姓の要望を認めさせる方法も考えていた。

5

梅雨の時期に雨が降らず、夏は暴風雨の荒れた天気が続いた。当然ながら作物は成長せず、山の木の実も実を結ばない。秋だというのに田の稲は穂を付けず、背丈も低い。まるで立ち枯れたように、風に揺れている。

荒涼とした山里の風景に、武左衛門の胸は痛む。自分たちの食い扶持もないのに、桁打に食料を分ける百姓などいない。武左衛門は山に入り、獣を捕り食べられる野草を採って、飢えをしのいだ。

上大野村と同じく紙漉きで食いつないでいる川筋郷の目黒村（現松野町目黒）、吉野村、奥ノ川村を回り、蕨生村から興野々村と上川原渕村（現鬼北町上川）の間にある山に入る。上川原渕村の方から男が上ってきた。憔悴しきった様子で、武左衛門に気づきもしない。

山の中に入っていく男の様子が気になって、武左衛門は後を付けた。男は枝ぶりのいい松の木に縄をかけ、輪を作った。首を吊ろうとしているのだ。

武左衛門は走り寄り、男を引き倒した。

「早まるもんじゃない。死んでどうする」

「放してください。わしはもう生きていてもしょうがないんです」

まだ若い男だった。

「何があったか、話してみんさい。死ぬのはそれからでもいいやろう」

武左衛門の真剣な眼差しに、男は泣き出した。武左衛門は男が泣き止むまでしっかり抱きしめた。

男は上川原渕村の百姓で与吉と言った。相次ぐ飢饉で両親を無くし、それでも幼馴染と結婚して、子も生まれ、生きる希望を見出していた所、女房が産後の肥立ちが悪く亡くなり、乳飲み子も栄養不良で亡くなった。

「わしもみんなの所へ行った方がましじゃ」

与吉は生きる気力を失くしていた。

「これはわしが罠で捕まえて燻したウサギの肉じゃ。腹が空いとったらいい考えは浮かばん。先ずは、腹になんぞ入れた方がいい」

武左衛門は、携帯用の燻し肉を差し出した。

「あんたは、猟師か」

「桁打じゃ。だが今はそれだけじゃ食えんけんのう。友だちの猟師に教えてもろうて、獣も捕りよる。クルミの煎ったのもあるけん、これも食べえ」

武左衛門は腰につけた袋から煎ったオニグルミも出す。

与吉はためらったが、体は食べ物を欲していた。煎りオニグルミを食べるとにわかに食欲が出てきて、燻し肉もあっという間に食べてしまった。武左衛門は竹筒の水も差しだす。山の沢で汲んだ水だから冷たく美味しい。

腹が満たされると、与吉も落ち着いた表情になった。

「わしも山で、食い物を見つけてくればよかった」

女房と子を失くしたのは自分のせいだと、与吉は自分を責めていた。

「山にもあんまり食べられる物は無くなってきとる。動物も里の方にはあまりおらんなった」

武左衛門は元々修験者のような修業をしていたので山歩きは苦ではないが、深山に入り込んだ動物を追うのは容易ではない。

「百姓は村で生きるのが本分じゃ」

「だがもう村では生きられん。こんな状態やのに年貢は増えるばかり。遅かれ早かれ、わしらは死ぬしかないんや」

与吉は、また気持ちが沈んでくる。

武左衛門が、与吉の目をしっかり見て言った。

「それならその命、わしに預けてくれんか」

「命を預ける？」

「わしは桁打をして藩内を回り、仲間を集めよる。わしも元は百姓じゃ」

「仲間？」

「一揆の仲間じゃ」

与吉は驚いた顔で、武左衛門を見た。武左衛門は強い意志を秘めた目で、笑いかけた。

「そうじゃな。もうそれしかないかもしれん」

与吉はつぶやいた。

「川筋をまとめてくれる者を探しとった。やってはもらえんやろうか」

「わしは一度死んだ身じゃ。もうなんも怖いもんはないわ」

与吉は生きる目的ができた気がした。死ぬために生きる。そのことが、腑に落ちた。

「じゃが、まとめるいうて、どうすればいい。連判状でも集めるんか」

「そんな物はしたらいけん。誰が首謀者かわからん一揆をするんじゃ」

「あんたが頭取なんじゃないんか」

「始める時は、わしから動く。川上から川下に川が流れるように、一揆を起こす。じゃができれば一揆をせずに、わしらの要望を通す」

「そんなことができるんか」

「やってみんことにはわからんが、できんこともない。それには連判状はない方がいい。それよりそれぞれの口がいる」

「口？」

「口と頭じゃ」

武左衛門は何か考えがあるように、にこりと笑った。

6

夏に雨が降り過ぎたせいか、今年の冬は雪は少ないが、寒さは厳しい。武左衛門は自分でなめした鹿革の胴着にタヌキの首巻をして、北風に向かって歩いていた。

冬の日暮れは早い。日が落ちると、気温は急激に下がる。まだ日のある内に目的地に着こうと、武左衛門は急いだ。

小松村の谷川沿いに、隠れるようにその家はあった。徳蔵の家だ。家の庭には、蒸して皮をはいだ楮が干されていた。

「こんにちは」

武左衛門が戸を開けると、徳蔵と藤吉の親子が土間で藁を編んでいた。

「武左衛門さん、こんな時分にどないしたん」

作業の手を止め、藤吉が聞く。藤吉は気のいい若者で、隣の川上村から嫁を貰い、幼い子どもが二人いる。

「徳蔵さんに、昔話を聞かせてもらおう思うて」

徳蔵は黙々と作業をしている。元々寡黙な男だったが、昨年はやり病で女房を失くしてから、益々口が重くなった。

「親父の昔話？」

藤吉も聞いたことがない。

武左衛門は、小柄な徳蔵の傍に来て、身をかがめた。

「大洲藩であった内ノ子騒動の話を聞かせてもらえんじゃろうか」

徳蔵の手が止まった。

「そんなもん聴いて、どうするんぞ」

「わしのじいさんは、周防の国の山代一揆の話をデコ回しをしながら伝えよった。一揆の話は公にはできんことじゃが、伝えていかんといけん事じゃと思う」

「デコ回しのネタ探しか」

藤吉は、軽い気持ちで聞く。

「そうじゃな。そういうことで、聞かせてもらえんじゃろうか」

徳蔵は、武左衛門を見つめた。

「わしのおやじと似た目をしとる」

ぼそりと言う。

「同じ思いやからな」

徳蔵にだけ聞こえる声で、武左衛門は言った。徳蔵は一瞬顔をこわばらせ、薄く笑った。

台所から一人の子を背負い、もう一人の手を引いた藤吉の嫁が出てきた。

「あんた、お義父さん、晩飯にせんかな」

武左衛門に気づき、顔をほころばす。

「武左衛門さん、なんぞまた面白い話してくれるんか」

嫁は、武左衛門が門付けに来て話す話を聞くのが好きだった。武左衛門はいろんな物語を巧みな話術で語るので、女子どもに人気があった。

「いや、今日は徳蔵さんの話を聞きにきたんですよ」

「お義父さんの」

嫁は、意外という顔になった。

「これは土産です」

武左衛門は風呂敷を解いて、五合の酒徳利を出した。

「こりゃ、豪勢な」

藤吉は、酒などとんとお目にかかったことがない。

「吉田の町で頂いたんですよ」

秋祭りで稼いだ酒だ。町の商人たちは、百姓たちと違って羽振りがいい。

「酒の肴になるほどのもんはないけど、武左衛門さんも今夜は家に泊まりなはったらいい」

嫁が愛想よく勧めてくれた。

ヒエ粥でも暖かい物を腹に入れると、生き返る。嫁が子どもを寝かしつけに行ってから、男三人で酒を飲みながら、徳蔵がとつとつと語る話を聞いた。

「内ノ子騒動が起こった時、わしはまだ九つじゃった」

それは四十一年前のことだった。

7

「あれは寛延三年一月十六日（西暦一七五〇年二月二十二日）の夜のことじゃった。わしはなんか寝れんで、布団の中で起きとった。おっかあとおっとうの声がしたんで、そっと隣の部屋を覗くと、おっとうが蓑笠着て出て行く。

「おっとう、どこ行くんぞ」

おっかあに聞いたら、

「天満宮に行く」

と言う。

「どうしてこんな夜中に行くん」

と聞いたら、おっかあが泣きだしたけん、おっとうを追いかけて行った。

天満宮に行ったら、大勢男たちが集まっとった。後で知ったんやけど、薄木村（臼杵とも書く／現内子町小田）二名村、露ノ峰村（現久万高原町二名、露峰）の男たちじゃった。

露ノ峰村の丸右衛門さんが指揮し、神前で一揆の成功を祈願しよった。わしはよう声かけれんで、ご神木の陰からそれを見よった。

男たちは手に手に鍬や鎌を持って、大きな綱や筵ののぼり旗を持っとる者もおった。

それから寺村（現内子町小田）の方に下りて行った。寺村の庄屋栗田吉右衛門の屋敷を襲撃したと後で聞いた。

それから次々庄屋宅を襲撃して、内ノ子村（現内子町内子）の河原に集結した。

別動隊が浮穴郡総津村（現砥部町総津）から喜多郡中山村（現伊予市中山町）へ進出し、豪農や庄屋の家々を打ち壊して、二十日には内ノ子河原で落ち合った。その数一万八千人と言われとる。

百姓たちはそれぞれの村が目印を下げて河原に集まり、小屋を建て、藩庁と対峙し、内ノ子村の豪商・五百木屋が飯米や雑費を負担した。

百姓の中には、宇和島藩領に逃散して、同藩に訴えようと主張する者もあったそうじゃ。結局大洲藩の支藩の新谷藩が奉行津田八郎左衛門を派遣して調停に入って、二十三日に百姓らの希望事項を取りまとめて『口上事之事』を提出し、大部分の要望が容認された。また八郎左衛門や法華寺の学舟、高昌寺の真貌、願成寺の秀寛和尚らの調停で、首謀者の詮索をしない旨の一札を得ることもできた。

一揆は成功した。しかし結局、首謀者の丸右衛門さんは大洲藩追放となり、丸右衛門さんに近かったおとっつあんはここ吉田藩に所替になった。大洲藩は約束を破って、首謀者の詮議をしたんや。

でも、和尚たちとの書面があったので、表立った処罰はできんかった。わしの一家は、法華寺の学舟和尚の口利きで、同門（曹洞宗）の善光寺の和尚預かりになり、小松村に住むことになったんじゃ。

じゃがここも、大洲藩と同じに百姓は苦しい生活を強いられる。どこに住んでも、同じということかのう」

徳蔵は話し終えた。息子の藤吉も初めて聞く話だった。武左衛門は何か考え込むように黙ったままだ。夜も更け、女房と子たちはぐっすりと眠っている。だが藤吉は目が冴えて眠る気になれない。何故か血が沸き立つ気がした。

「貴重な話を聞かせてもらいました」

武左衛門が礼を言う。

「わしのじいさんも一揆を体験した者でした」

徳蔵と藤吉は、驚いて武左衛門を見た。

「わしらは、そん人らのお陰で生かされとるんかもしれません」

徳蔵と藤吉も、亡くなった父・祖父を思った。

「今度は、わしらの番になるかもしれませんな」

「武左衛門さん、あんた、まさか」

徳蔵は、何かを察したように武左衛門を見つめる。

「そんならわしは、これで帰ります」

「こんな夜中に。泊っていきなはったらいいのに」

藤吉が引き留める。

「延川村に親戚がありますけん。ぼちぼち行きよったら夜も明けましょう」

武左衛門は立ち上がると、音もなく出て行った。徳蔵と藤吉は、一瞬武左衛門が人ならざる者のような気がした。

8

是房村の春日神社の境内で、旧正月参りに来た人たちを前に、武左衛門がちょんがりの『世直し唄』を唄っている。

「さてその次に村印　竹にわらをばかけたるは　これ小屋村の一統なり　二本杓子は森山村
二合半もつそは四分一村　火打ちとかどを下げたるは　石畳の住人なり」

内ノ子騒動で、内ノ子河原に村々が集まった様子を唄っている。

参拝に来ていた老若男女が立ち止まって聞いている。人々は、自分たちと同じ百姓が藩内一丸となって大洲藩に抵抗し、ほとんどの要望を勝ち取った一揆の様を、引き込まれるように聞いていた。

境内の梅の花が膨らみかけていた。まだ寒さは厳しいが、春の息吹を感じる。花が膨らむように、人々の心に一揆への思いが膨らむのを願いながら、武左衛門は唄い舞う。

長いちょんがりだが、途中で立ち去る者はいなかった。唄い終わると観衆たちからおひねりが飛び、武左衛門はありがたく拾い集める。冷たい風が吹き抜け、武左衛門は前襟を合わせて、歩き出した。正月から節分にかけては、新春の祝い門付けをして回る。

「新春おめでとうございます」

武左衛門は伝六の家の前で、大声を上げた。

子どもたちが飛んでくる。

「武左衛門さんだ」

「やっときなはった」

子どもたちは、武左衛門を待ちわびていた。

「今年はどんな話をしてくれるの？」

弟が目を輝かせて言う。

「ちょんがり　ちょんがり　ちょんがりよ」

武左衛門が人形（デコ）回しをしながら、唄いだす。

「鬼ガ城山には鬼がおり　村の子どもを一人また一人と　さらって行った」

「鬼ガ城山いうて、宇和島藩にある山か」

兄が聞く。

「そうじゃ、鬼は宇和島藩の子どもだけじゃのうて、吉田藩の子どももさらっていった」

兄弟は、恐ろしそうに身を寄せ合う。

「それを知った宇和島の殿様　六人の侍に鬼討伐に行ってこい　六人の侍は　鬼を討つには人の力だけではどうもならんと　三島の神様にお祈りして　鬼ガ城山に向かったそうな」

伝六と女房も出てくる。

「門付けもいいが、寒いけん、続きは中でして下さい」

伝六が言う。

「そうじゃ、囲炉裏のそばで話してや」

子どもたちが武左衛門を引っ張っていく。

武左衛門は『大江山の酒呑童子』の話を『鬼ガ城山の酒呑童子』に変えて話す。侍たちが祈った八幡、住吉、熊野神社を三島神社に変えたのは、土居式部を意識してのことだ。

「六人の侍は　山伏の姿になって山に登る　途中に出会ったおじいさん　鬼ガ城山の鬼は　酒

が好き　酒を飲ませて酔いつぶし　鬼を打ち取るのが妙案と　鬼には毒となる酒くれる　侍たちはおじいさんを　三島神社の神様と思い感謝した」

子どもたちは、熱心に聞き入っている。

武左衛門は鬼が侍たちに酒を飲まされて酔いつぶれ、侍たちと戦い討たれる様を、臨場感たっぷりに、所々笑いも誘いながら語る。

伝六は武左衛門の話術の巧みさと話の構成のうまさに感心して聞いていた。

「今度は、わしが武左衛門さんと話があるけん、お前らはへやにいっとけ」

話し終わると、伝六はそう言って、子どもたちと女房を家から出す。

「吉田の鬼は、どうやったら倒せるんかの」

伝六が言う。

「吉田の場合は、鬼が侍を倒すんでしょうな」

武左衛門は、笑って応える。

「鬼がのう」

「いや、狸かな」

「狸？」

伝六は、不思議そうに武左衛門を見た。

「わしはできることなら、一揆などせずに、わしらの願いを通したいと思っとります」

声を潜めて武左衛門は言う。

「そんなことができるんか」

「一揆が起こるかもしれんと思わせるんです」

「思わせるだけで、願いが通るんか」

「やってみんとわかりません。鈴木作之進殿と安藤様次第やと思います」

「どういうことや」

「吉田藩の役人の中で、百姓のことを一番わかっとるのは中見役の鈴木作之進でしょう。郡奉行の横田茂右衛門も百姓を憐れむ心はあるけど、同僚の小嶋源太郎にうるさく言われるので自ら動くことはないでしょう」

武左衛門は一揆の仲間を探すと同時に、藩役人たちの情報や藩の動向も集めていた。

「昨年十月に吉田の町であった大火の復興に金を出したのは法華津屋です。増税は多分紙にかかるでしょう」

武左衛門は冷静に分析していた。

「その時、鈴木殿がどう動くのか。それを受けて、安藤様がどう動くのか、動かないのか。それを見て、こちらがどう動くか決めようと思うとります」

伝六は武左衛門の洞察力と聡明さに感心していた。武左衛門が百姓でなく、代官であったなら、百姓たちはどんなに生きやすかったことだろうと思う。

「ほんならそれまでは、わしらは何もすることがないということじゃな」

伝六が確認する。

「普段通りということでお願いします」

武左衛門は、思案ありげに笑って見せた。

9

寛政四年十一月（西暦一七九二年十二月）、武左衛門の読み通り、紙の増税目的の『紙方御仕法替』が発布された。それに反対する鈴木作之進が『上申書』を横田郡奉行を通して出したが、家老たちによって却下された。安藤儀太夫は鈴木の『上申書』を強く推したという話だったが、力及ばなかった。

武左衛門は遠くから安藤儀太夫を見たことがある。吉田の夏祭りのお練りを家族で見ていた。美丈夫という感じの武士だった。

安藤は家老の中では一番若く、宇和島藩からのお目付け役で末席家老という立場だ。古参の家老たちには快く思われていない。安藤の意見はことごとく、主席家老の飯淵庄左衛門と次席家老の尾田隼人に退けられていた。

武左衛門は、少し揺さぶりをかけてみることにした。伝六にもその旨を伝えた。

伝六は吉田の町の者たちの不安を煽るために、仲間と共に、吉田の町から見える山の中で、松明を点けたり消したりして、奇声を発した。狐火ならぬ狸火を灯したのだ。

十二月十八日（西暦一七九三年一月二十九日）夕刻、武左衛門は上川原渕村に行き、山中でりしていた。

与吉に会った。与吉が自殺しそびれた場所だ。与吉はあの時より顔色もよく、足取りもしっか

「すまんが、これを吉田の鈴木作之進殿の役宅に届けて欲しい」

武左衛門が、与吉に手紙を渡す。

「今からですか」

「今から出れば、夜明け前には着くやろう」

「それはかまいませんが、何が書いてあるんですか」

与吉は文字が読めない。

「明日、興野々村から一揆の誘い出しがあるという密告の手紙じゃ」

「明日、一揆をするんですか」

与吉は、目を見張った。

「しやせん」

武左衛門は、あっさりと言う。

「そやけど」

「相手にそう思わせるだけじゃ」

「どうしてそんなこと」

「一揆が起こるかもしれん思うたら、役人たちはどうすると思う？」

「そりゃ、慌てて調べに来ます」

「でも、来てみたら全く一揆の気配がなかったら」

「騙されたと思うでしょうね」

「それだけか？」

「一揆が起きんでよかったと、ホッとするかもしれません」

「そこでもう一度、同じようなことが起こったら？」

「不安になるんじゃないですか」

「不安になったらどうすると思う？」

「一揆にならんよう気を付ける」

「どうゆう風に気を付けると思う？」

「監視を強めるか、百姓から話を聞く」

「そうじゃ。どっちになるかわからんけど、百姓の言い分を聞いてもらう機会になるかもしれん」

鈴木作之進なら、言い分を聞く方になるだろうと、武左衛門は考えていた。

「なんか、化かし合いみたいですね」

「そうじゃ、わしは狸作戦と呼んどる」

「狸作戦ですか」

与吉は苦笑する。

「鈴木作之進殿の家は吉田中《なか》の島の下組、士分長屋にある。届けたら、直ぐ引き上げてくれ。鈴木殿に顔を見られん方がいい」

「わかりました。任せてください」

若い与吉は、足には自信があった。手紙を懐に入れると、速足で山を下りて行く。

武左衛門は、女を装って手紙を書いた。武左衛門は巧みに筆使いを変えることができた。

武左衛門は与吉を見送ると、土佐藩へと続く山に入って行った。猟師道を知っているので、藩を越えるのはたやすかった。

10

手紙を受け取った鈴木作之進は、直ぐ郡奉行横田茂右衛門に報告し、人の手配をして山奥郷へ向かった。

だが、一揆の誘い出しをするという興野々村は平穏そのもので、川筋から一揆の誘い出しがあるそうだと噂されていた山奥でも具体的な話は何もなかった。鈴木作之進は、狐につままれたような気持がした。

作之進は一通り山奥郷を視察して、十二月二十二日に吉田に帰った。

武左衛門はそれを見届けると、今度は延川村の義理の弟、おしまの妹おちよの夫・清蔵から、「正月に一揆が起こる」という噂を流させた。

その噂は中組代官岩下万右衛門の耳に入り、岩下代官は鈴木作之進に、すぐ山奥に来てくれるよう手紙を送った。が、来てみればまた何事もなく、作之進は狸に化かされた気持ちだった。

一月五日（西暦一七九三年二月十五日）には、土佐の猟師・吉造に頼んで、奥ノ川村で一揆の噂を流してもらう。その噂は、翌六日には平井多右衛門代官の耳に入り、作之進はまた歩き回ることになる。

武左衛門は作之進の動きに目配りしながら、一揆のための準備もしていた。吉造に頼んで火縄銃を一丁借り受けた。脅し用だが、一応使い方を教わり、鉄五郎と勇之進にも教えることにした。鉄五郎と勇之進は人目に付かぬよう、日の出前に家を出て、武左衛門が待つ山小屋に行く。山に仕掛けた罠を見に行く風を装い、村人たちの目を誤魔化していた。

山小屋の前には、木でできた的があり、武左衛門が的に向かって火縄銃を撃つ。猟師が使う火縄銃は小筒という。弾丸が三匁位の小さめの弾だ。

弾が的を射抜き、板が割れた。

「大したもんじゃな」

鉄五郎が感心する。武左衛門は吉造直伝で、猪撃ちができるくらいの腕前になっていた。

「鉄五郎もなかなか筋がいい。じき的に当てられるようになるよ」

武左衛門が、鉄五郎に火縄銃を渡す。

「そうじゃろか」

鉄五郎はまだ火は点けずに、的に向かって火縄銃を構える。

「もう少し脇を閉めた方がいい」

武左衛門が指導する。鉄五郎は何度か形を確認した後、火縄に火をつけた。

勇之進が二人を見ていると、突然背後で枯れ枝を踏む音がした。振り返ると、提灯屋覚蔵だ。

「覚蔵！」

勇之進の声に、鉄五郎たちが覚蔵を見た。覚蔵は背を向け、逃げた。

鉄五郎が、火縄銃を持って追いかける。

「鉄五郎、よせ」

武左衛門が止めるのも聞かず、鉄五郎は覚蔵を追う。武左衛門と勇之進は、鉄五郎を追った。

覚蔵が渓流の崖に追い詰められている。

「お前ら、謀反を起こす気やろう。ただじゃ済まんぞ」

覚蔵の強気の言葉が、鉄五郎の理性を奪った。

鉄五郎の火縄銃が火を噴いた。覚蔵が渓流に落ちて行く。激しい水音の後、周囲は静寂に包まれた。

武左衛門と勇之進が駆け寄り、渓流を覗く。覚蔵の体が、下流へと流されていった。

鉄五郎は火縄銃を手に呆然と立ち尽くしていた。武左衛門は鉄五郎の手から火縄銃を取った。

「おっかあの敵じゃ」

鉄五郎が、ぼそりと言う。武左衛門は黙って鉄五郎の肩を抱いた。

　武左衛門は、作之進が一月十一日にお上に提出した『願い事』の藩の協議を待ちながら、願い事が通らなかった時のための準備を始めた。各村々は旧正月の準備で神社に集まる。その時に注連縄を編む風を装い、大綱の用意をするよう通達していた。

大綱は、楮や麻を交えて丈夫にし、神社や寺院の護符や怨念を込めた女の黒髪を入れた。一端を大きな節とし、他の一端を輪に作る。持ち運ぶ時は、輪にしてかつぎ、いざという時は、簡単に所要の長さに繋ぎ合わせることができる画期的な物だった。

武左衛門は、松明や竹槍など一揆決行のための道具作りも秘かに行わせた。

(これらが無駄になればいいのだが)

武左衛門は、できれば一揆をしないで、自分たちの要望が通ることを願った。

吉田藩は協議の末、一月二十三日に裁決を言い渡した。それは一部要望をかなえる内容だったが、最も願った紙方役所の廃止と古借金取り立て免除、受け運上は却下された。

その上、紙方役所は、栄蔵たちが村々に出入りしないという約束も反故にし、郡奉行所が許可した要望も瓦解させた。

(これまでか)

武左衛門は、覚悟を決めた。

11

土佐国境の山の中を、武左衛門は駆けるように歩く。修験者の歩き方だ。武左衛門の足は速い。獣道を通り、土佐との境にある山小屋に着いた。

山小屋の中では、吉造が待っていた。

「やはり、起つのか」

武左衛門の顔を見るなり、吉造が聞く。

「はい。猟師たちはどれくらい来てもらえるんじゃろか」

武左衛門が尋ねる。

「三十人ほど。それぞれ銃を五、六本は持ってきてくれるよう頼んどる。手当がいいけん、みんな来るやろう」

武左衛門は猟師一人に付き一両、火縄銃一丁に付き一分払う約束をしていた。一分は一両の四分の一に当たる。

「ほんならこれを、渡しときます」

武左衛門は、吉造に金の入った巾着袋を渡した。

「こんな大金、どう工面した」

普通の百姓が持てない金を、武左衛門は持っていた。

「安心してください。危ない金じゃない」

「そりゃ、お前さんがそんなことしとるとは思わんが」

「世の中には、奇特な方がおるんですよ」

武左衛門は笑って言う。吉造はそれ以上聞きはしない。

「とうとう起つんじゃのう」

百姓一揆が命がけであることは、吉造もよくわかっていた。嘉兵衛の無事を心で祈る。

「吉造さんにお願いがあります」

「なんじゃ」

「わしがもし、一揆で死ぬようなことがあったら」

「縁起でもないこと、言うもんじゃない」

「いえ、大事なことです」

武左衛門である嘉兵衛は、真剣な眼差しで吉造を見る。

「わしの家族を、東寺まで無事に送ってください」

「室戸の東寺か」

「はい。わしが世話になっとった寺です」

嘉兵衛が元僧侶だったことは、聞いていた。

「わかった。約束しよう」

「よかった」

武左衛門は、安心したように笑った。

「だが、決して死ぬんじゃないぞ」

吉造は、武左衛門を身内のように思っていた。

「一揆は成功させてみせます」

武左衛門には、勝算があった。

第四章　一揆

1

寛政五年二月五日（西暦一七九三年三月十六日）、是房村では桃の花が咲き始めていた。

伝六が土間に行くと、子どもたちが土間の戸を開けて外を眺めていた。

「何しとる」

伝六が注意する。

「今年は武左衛門さん遅いな。いつもなら、節分までには来なさるのに」

武左衛門の来訪は、この時期の子どもたちの何よりの楽しみだった。

「武左衛門さんも忙しいのやろう。寒いけん、はよ上がり」

伝六は二人の子どもを囲炉裏端に誘う。

そこへ桁打がやって来た。

「門付けでございます」

「武左衛門さん」

子どもたちが駆け寄るが、やって来たのは竹造だった。子どもたちは残念そうな顔になる。

「賢い坊ちゃんたち、おめでとうございます」

竹造が武左衛門が持っていた人形で言うと、二人は笑顔になった。

「武左衛門さんは？」

「ちと用事があって、今年はこの竹造が参りました」

伝六が来ると、竹造はそっとそばに寄り、手紙を渡す。

「では、始めますぞ。ちょんがり　ちょんがり　ちょんがりな」

竹造の唄が始まった。

「さては皆さん　聞いてもくださいい　時は元禄十五年　雪がしんしんと降る十二月十四日　大石蔵之介率いる赤穂浪士四十七士は　ご主君浅野内匠頭《たくみのかみ》の敵を討とうと　吉良上野介《きらこうずけのすけ》の屋敷にあい向かう」

竹造は『忠臣蔵』を語り始める。

忠臣蔵には、伊予吉田藩も少し関りがあった。三代藩主村豊（伊達左京亮宗春）が浅野内匠頭と同じく霊元上皇の院使の饗応役を仰せつかっていた。村豊は吉良上野介に従順で、無事役目を果たしている。

伝六は座に上がり、囲炉裏端で手紙を読んだ。

『我々を餓死寸前に追い込んだ法華津屋を引き倒して自活の道を切り開かねばならない。心ある者は我等と共に起て　風は山奥より吹く』

伝六は読み終えると、その手紙を囲炉裏にくべた。続いて、筆を執る。

『山奥惣百姓殿　お待ち申しております、一刻も早くお出で下さい　三間惣百姓』

伝六はそうしたためて、小さく折り、懐に入れると立ち上がった。

子どもたちは、竹造の話に引き込まれていた。討ち入りの様子が、目に見えるように語られている。伝六に、大石蔵之介と武左衛門が重なった。

竹造の門付けが終わると、伝六は懐から銭と折った手紙を出し、竹造に渡した。

「ありがとうございます。少しですが」

竹造が受け取り、懐に入れる。

「おありがとうございます。それでは」

「武左衛門さんに、よろしゅう」

伝六の言葉に竹造はうなづいて、去っていった。

(武左衛門さん、いよいよですな)

伝六は心の中で語り掛けた。

2

寛政五年二月九日（西暦一七九三年三月二十日）、日の入りを合図に、高野子村、上鍵山村、日向谷村、下鍵山村、父野川村、上大野村、川上村、延川村八か村の農民と三十人の土佐の猟師が、蓑笠を着て尖《とぎ》の森（戸祇御前山《とぎごぜんやま》）に集まった。

村々の者は、男のいる家は各戸一人以上来ていた。月明りの下、戸祇神社の前で、村ごとに総代と呼ぶ世話役を先頭に並んだ。

戸祇神社は小さな祠のような神社で、莚旗や大綱を持った男たちに取り囲まれて、外からは見えないくらいだ。武左衛門は最前列で拝殿に向かって立ち、武左衛門の左側に上大野村の鉄五郎が、右側に延川村の清蔵が立った。

武左衛門は居並ぶ人々の前で、声高く誓願を読み上げた。

「戸祇の神様に誓い願い奉る。我ら高野子村、上鍵山村、日向谷村、下鍵山村、父野川村、上大野村、川上村、延川村の一同、吉田藩の圧制に耐え兼ね、ここに蜂起するものである」

武左衛門の声は力強くよく通る。

「我ら、老いたる者、幼き者、守るべき者のために、起つ。願わくば、我らの企てが成就し、皆無事に村々に戻れるようご加護願います」

男たちは皆、家族のため、命を懸ける覚悟だった。どうせ死ぬなら、やるだけやる。百姓たちは、そこまで追い詰められていた。

「もし、我らが願い聞き届けられましたら、立派な神社に建て替えます」

幾つも繋がった大綱を持った男たちが、祠に綱をかけた。

「百姓一人一人の力は僅かでも、この大綱のように、これを繋ぎ合わせれば大きな力になります。我らの覚悟のほどをお示しいたしますので、どうぞ我らにご加護をいただきますようお願い申し上げます」

武左衛門が腕を大きく振ると、大綱を持つ男たちが大綱を引き、戸祇神社を引き倒す。同時に、武左衛門が法螺貝を吹き鳴らし、猟師たちが銃を空に向かって撃ち、人々が応じて気勢を上げる。その声は、山々に雷鳴のごとく木霊した。

男たちは懐から茶碗を出し、水の入った瓢箪から水を注ぎ合って茶碗の水を飲み干すと、地面に叩き付けて割った。それは死地へ向かう最後の水杯だった。

夜明けと共に大半の者は、手に手に大綱や莚旗や竹槍、松明、鍬や鎌、火縄銃を持ち、武左衛門を先頭に村ごとに上流順に並び、興野々村へと向かった。それぞれの村の列には、猟師たちが護衛のように数人入っている。

延川村の者は、清蔵に率いられて、奥ノ川村に向かう。奥ノ川村、吉野村、目黒村、蕨生村の人々を誘い出し、興野々村で合流することになっていた。

一揆本体は、法螺貝を吹き鳴らし、莚旗を押し立て、時々銃を発して、小松村、久保村の者たちを誘い出しながら進んで行った。

小倉村、上川原渕村を過ぎ、岩谷《いわや》村（現鬼北町岩谷）に着くと郡奉行横田茂右衛門ら十数人の役人が待ち構えていた。

横田郡奉行は、挟箱に腰掛け、一揆勢に呼びかけた。

「ここに吉田奉行横田有り、願いの筋あらば申し出よ」

一揆勢は一瞬ひるんだが、先頭を行く武左衛門が、笠も脱がず無言で通り過ぎるので、後の者たちも静かに従う。

横田は無視されて、顔色を変えた。

「一同の者、強訴はご法度である。今ならまだ間に合う。咎めだてをせぬから、皆速やかに願い事を出して、自分の村に戻るように」

大声で叫ぶ。

「吉田の嘘つき奉行の言うことなど聞くか」

中ほどを歩く百姓が言い返す。

「吉田の狸奉行を叩きのめせ」

これまでの鬱憤が爆発したように、百姓たちが騒ぎ出す。

武左衛門が振り返ると、横田郡奉行はいきりたつ百姓たちに取り囲まれていた。

「この者たちを捕えよ」

横田の命で、百姓数人を役人たちが捕らえる。

吉造が鉄砲を空に撃ち、役人たちが動きを止める。

「仲間を取り返せ」

どこからか声がして、男たちは役人にいっせいに襲い掛かり、仲間を奪い返す。

「乱暴はよせ」

横田が一揆勢を制すが、多勢に無勢。横田郡奉行をはじめ役人たちは、ほうほうのていで逃げて行った。

一揆勢はその姿に雪崩のように笑い、役人たちは益々慌てふためいて逃げる。武左衛門は、一揆勢をまとめるように法螺貝を吹く。一揆勢は気勢を上げ、隊列を整えて意気揚々と進み、興野々村で清蔵が引き連れて来た五か村の人々と合流した。

3

国遠《くにとお》村（現鬼北町国遠）より吉田・宇和島よりの村々は、「一揆来る」の報で、男たちはすでに宮ノ下村に向かっていた。

途中、大内村の酒屋が、

「皆の衆、喉が渇きなさったろう。倉庫を開けとりますけん、好きなだけ飲んでください」

と呼ばわる。

「ありがたい申し出ですが、こんだけの者が酒を飲んだら、お宅の酒がのうなってしまう。それではあまりに気の毒じゃ。わしらは、無頼漢の集まりじゃない。そのお気持ちだけありがたく受け取りましょう」

沢松村の藤六はそう言って、一行は一滴も飲まずに通過した。藤六は、無法をしないよう武左衛門にきつく言いつけられていた。

大内村を出た一行は、元宗《もとむね》村（現宇和島市三間町元宗）に入った。若い元宗村庄屋が走り出た。

「謀反人共、とっととここから立ち去れ」

「何だと、この青二才が。わしらは、命がけでここまで来たんじゃ」

兼近《かねちか》村（現宇和島市三間町兼近）の金之進が叫ぶ。

「そんなこと知るか。わしの村からさっさと出ていけ」

「村は庄屋のもんじゃない、百姓のもんじゃ。百姓の気持ちのわからん庄屋には、天罰じゃ」

兼近村の六右衛門も同調する。

以前から元宗村庄屋をよく思っていなかった近隣の兼近村の百姓が中心になり、庄屋宅を打ち壊し、近くの赤松酒屋になだれ込む。

（武左衛門さん、これはどうしようもないですな）

藤六はもう止めなかった。

一行は宮ノ下村に着く。宮ノ下村には、法華津屋の出店があり、そこには大勢が代わる代わる乱入して、片端から酒樽を空にし、十石ばかりの酒を暴飲した。

近くの酒屋桑名屋は、大釜で飯を炊き、一揆勢に接待しようと申し出た。法華津屋のようになるのを恐れたせいもあるが、桑名屋は百姓たちに同情もしていた。桑名屋の本家は土佐など近隣諸藩からの紙買いの鑑札を持つので、吉田藩の紙買取り価格がどれだけ安いか知っていた。また、紙方仕法替で国境が閉ざされたため、大きな痛手をこうむっていた。

酒を暴飲している所へ、宮ノ下村白業寺の老僧が、近村の僧侶や鈴木作之進たち吉田藩の役人と共にやって来た。

「これこれ皆の衆、狼藉を働くものではない。大人しゅう、それぞれの村に帰りなされ」

老僧は穏やかに諭す。

「坊主の出る幕じゃない」

酔いも手伝い、百姓たちは傍若無人になっている。その様子を見た鈴木作之進は、百姓たちを落ち着かせるのが先だと思った。桑名屋に走る。

「庄屋宅を打ち壊し、酒屋の酒を暴飲するなど、暴徒のすることぞ。仏様もお許しにはならん」

白業寺の老僧は、説法を始めた。

「仏様が、わしらに何してくれた」

百姓の一人が叫ぶ。

「なんと罰当たりな」

「罰なんぞ当たるものか。天罰があるなら、法華津屋も吉田の侍共も、とうにのうなっとるわ」

そうだ、そうだと声がする。

「仏様が天罰くださんから、わしらがやるんじゃ」

「坊さんらもけがせんうちに、さっさといね」

酒の勢いで、百姓たちは僧侶たちに迫ってくる。

作之進が割って入った。

「まずは、飢えをしのいで、それから話し合おう」

桑名屋に、握り飯を配らせる。

「さあ、みなさん。お腹がすきなはったやろう。握り飯を作りましたけん、食べてください」

百姓たちは白い握り飯を見ると、急に飢えを感じ、奪い合うように食べた。

腹が満たされると人は穏やかになる。百姓たちは、話し合いの席に着いた。

作之進は自分が使っている内通者をそっと呼んだ。

「和尚たちとの話し合いの最中、口を利いた者が誰か探れ」

「はい」

内通者はうなづく。

百姓たちは、和尚たちと話し合うことになった。

「お前たちは、何としたら、自分の村に帰るのじゃ」

老和尚が聞く。すっかり酔いが醒めた百姓たちは大人しくなり、誰も何も言わない。

「吉田の法華津屋を巻き倒すと聞いたが、そんなことをしても、何にもならんぞ」

百姓たちは顔を合わさないように、下を向く。と思えば、一斉に話し出す。だが一度に言うので、何を言っているのかわからない。

「吉田藩では、安藤儀太夫様の説得で、年貢は下げないが、それ以外の要求は郡奉行の判断で認めてよい、ということになったそうじゃ。そなたらの要望は、これで適うたのではないか」

吉田藩での話し合いの席で、上役たちの話を聞いていた郡奉行の小嶋源太夫が怒りを爆発させ、「わたしに行けとおっしゃるが、行ってどうせよとおっしゃるのです。年貢を減免すること以外は全て解決を任せていただけなければ、行っても意味がありません」と突っぱね、安藤が他の上役たちを説得したのだ。

百姓たちは顔を見合わすが、何も言わない。

「頭取吟味はどうなります？」

是房村の伝六が問う。

「頭取吟味は」

和尚は、作之進を見た。

「それはまだ、決まっておらんはずじゃ」

作之進が応える。

「頭取吟味をしないとの確約がなければ、帰るわけにはいきません」

伝六がきっぱりと言う。

「わかった。お伺いをたててみる」

作之進は席を立った。すれ違い様、内通者が囁く。

「是房村の伝六です」

作之進は、その名前を覚えた。

4

武左衛門たち一行は出目村で第二夜を過ごした。出目村では、与吉の手配で食事の用意がされていた。一揆勢は、用意された芋粥を並んでもらう。

その後、一揆勢たちは、吉田藩役人の手配で、近隣の村々に分宿した。百姓たちは国遠村や清延村《きよのぶ》(現鬼北町清延)の者らの宿となることを希望したが、その村々の男たちはすでに宮ノ下村に行っていた。

武左衛門は各村を指揮する総代を出目村乙五郎の家に集めて、今後の方針を説明した。囲炉裏には火がはぜ、荏胡麻油の明かりで、顔がわずかに判別できる。

「宮ノ下村で三間郷と吉田の人々と合流することになっている」

武左衛門は、伝六と打ち合わせていたことを話す。

「小倉村、上川原渕村、岩谷村と奥ノ川村、蕨生村は与吉さんがまとめて、沢松村、兼近村から進んでください」

「わかりました」

上川原渕村の与吉が応えた。

「興野々村、出目村と目黒村、吉野村は彦右衛門さんがまとめて、国遠村、清延村から進んで欲しい」

興野々村の彦右衛門がうなづく。彦右衛門は与吉が見つけた総代で、見た目が良く口が立つ。

「わしは残りの山奥の者と、近永《ちかなが》村（現鬼北町近永）代官所に寄ってから、陰地を通って行きますけん」

「どうして宇和島藩の代官所に寄るんですか」

彦右衛門が聞く。

「この一揆を成功させるためには、宇和島藩の出方を確認する必要があるんや」

吉田藩と宇和島藩の関係は、決して良好ではない。その確執が一揆を成功させる鍵になると、武左衛門は思っていた。

「武左衛門さんには深い考えがあるんや。わしらは、言われたことをしっかりやるだけじゃ」

与吉は武左衛門を心から信頼していた。

「ありがとう。じゃがわしも全てがわかるわけじゃない。それぞれが自分で考えて判断、行動することも大事じゃ。百姓は本来大人しいもんじゃが、こう大勢になると岩谷村の時みたいに暴徒化するかもしれん。それは、わしの望むことではないし、それでは一揆は成功せん。総代たちは、みんなが暴徒化せんよう、ようまとめてください」

「わかっとります」

与吉は、武左衛門の性格をよくわかっていた。本来、争いごとは嫌いな性格なのだ。

「明日もようけ歩かないけんけん、それぞれ休んでください」

総代たちは、自分の村の者たちが分宿した村に戻った。

一人になった武左衛門の所に、女がやって来た。

「嘉兵衛さん」

その女は、兄・乙五郎の女房だった。

「あねさん」

武左衛門は嬉しそうに、笑いかける。

「こんな物しかないけど、食べてください」

ふかしたサツマイモを差し出す。

「こんな大事な食料、子どもらにあげてください」

「あんな人が生きとったら、もっと力になれたんやけど」

乙五郎は無理がたたって、昨年の冬に亡くなった。元々小間物商の者に、百姓の暮らしはきつかったのかもしれないと、武左衛門は思った。

「せめてもの、うちの思いです。食べてください」

「ありがとうございます」

武左衛門は、兄嫁の思いを無にしないよう、有難くサツマイモを受け取った。

「美味しい。力が湧いてきます」

サツマイモは、痩せた土地の方が甘くなる。

「どうぞ、ご無事で、戻ってください」

亡き夫の分まで生きて欲しいと兄嫁は願った。その思いに、武左衛門は胸が熱くなる。

「ええ、きっと一揆は成功させます」

兄嫁をはじめ、苦しい生活を強いられている女子どものために命を懸けるのが、自分の役目だと、武左衛門は強く思った。

5

翌朝早く、一揆勢が出目村を出発しようとすると、吉田藩の使者として、吉田医王寺と大乗寺の住職たちがやって来た。

「これこれ、皆の衆。苦しい時は仏様におすがりするもんじゃ、強訴などもっての他じゃ」

医王寺の住職が、説教を始める。

「ここで解散して、それぞれの村に引き返せば、咎めだてせんと藩の方々もおっしゃとる。ここはひとつ、よう考えて、村に帰るのが得策じゃと思うぞ」

大乗寺の住職も説得に当たる。

「葬式坊主などに用はない」

誰かが叫ぶ。

「そうじゃ、そうじゃ。坊主の出る幕じゃない」

「寺に帰って、お経でも上げとけ」

口々に騒ぎたて、住職たちの声はかき消される。

武左衛門が法螺貝を吹き鳴らし、百姓たちは隊列を組んで、歩き始める。

「これこれ、待ちなさい」

「短気を起こすものじゃない」

住職たちの声は、百姓たちには聞こえない。

与吉と彦右衛門の一行は、陽地の二つの道を通って宮ノ下村に向かった。

武左衛門一行は、近永村に到着した。近永代官所に行く手前の酒屋の前に宇和島藩代官友岡栄治、吟味役鹿村覚右衛門ら宇和島藩の役人たちが待ち構えていて、武左衛門たちに対峙した。

「わたしは山奥郷の百姓です。宇和島藩のお役人様にお願いの儀あり、まかり越しました」

堂々とした武左衛門の態度に、役人たちは面食らった。

「わしは宇和島藩代官友岡栄治である。願い事があるなら中で聞こう。代表の者数人中に入れ」

一揆勢は緊張した。

「後を頼んだぞ」

武左衛門は鉄五郎と清蔵に言って、事前に決めていた総代五人と共に酒屋に入った。

代官友岡栄治と吟味役鹿村覚右衛門が話を聞く。武左衛門が一歩前に座り、五人が後ろに座る。

「その方らは、吉田藩の百姓であるな」

友岡代官が確認する。

「そうです」

武左衛門は、友岡の目を正面から見据えて応える。

「で、願いの儀とは」

「我らは長年、吉田藩の圧制に苦しんでおります。宇和島藩では藩御改革で、百姓への租税は改善されていると聞いております。我らは、宇和島藩と同じように租税をはじめ所待遇を改善して欲しいと吉田藩に願うつもりです」

武左衛門が口火を切る。

「吉田藩は、紙の販売を法華津屋の専売とし、法華津屋は楮元手を高利で貸し付け、紙は安く買いたたく有様です」

高野子村の幸右衛門が訴える。

「田・畑の祖として徴収する物成は、物成一石につき、四升をのり、四升を口、一合六勺をこぼれ、四合は口の乗と称して、八升五合六勺も余分に徴収されます」

川上村の庄右衛門も今までのうっ憤を述べる。

「その上、升も一型大きく作らせているので、実質一割増しの徴収です」

友岡代官は、吉田藩の強欲さに内心あきれた。

「大豆銀納は、地元の価格によらず大坂市場の上相場で取り立て、納期を過ぎると三割の利息を加算して徴収します」

日向谷村の仁松も憤りを込めて話す。

「田畑以外の山野・池沼における生産物にも小年貢が課せられ、滞納した時は月三歩の利息が加算されます。わしらが暮らし向きを少しでも良くしようと努力するたび、税が増えるのです」

年長の小松村の徳蔵は、涙ながらに訴えた。

「更に、村方諸入用として、土木普請費、藩役人巡見使接待費・庄屋所筆墨紙料・村方役人執務費用・庄屋野役などの負担も強いられています」

一番年若い父野川村の三之助は冷静に述べた。

「正月十一日には十七か条の願い事を藩に提出しましたが、藩は一部許可するといいながら、何も改善されませんでした。百姓の困窮は顧みられることがありません。わしらはこのままでは生きて行くことができません。今回の一揆は、皆が生き残るための一揆なのです」

武左衛門が、切実に訴えった。

「そなたらの言い分はようわかったが、願いの儀とはどういうものか」

友岡代官は用心深く訊ねた。

「まずは、米の借用をお願いしとうございます」

「あいわかった。検討してみよう」

「次に、宇和島藩の領内通過をお願い致します」

武左衛門の言葉に、友岡と鹿村は顔を見合わす。

「吉田藩には、宇和島藩で隔たれた飛び地があります。その者らが支障なく集まれるよう、ご配慮いただきたいのです」

武左衛門の臆することのない覚悟を決めた眼差しに、友岡代官は剣の真剣勝負を挑まれているような気がした。

「暫し待て」

友岡代官と吟味役鹿村は共に席を立ち、奥に入った。

総代たちは不安そうに腰を浮かせるが、岩のごとくどっしりと座っている武左衛門の後ろ姿に、改めて座りなおす。

友岡代官たちは宇和島藩庁に配下の者を報告に走らせた後、別室に控えていた郷目付二人と奈良村庄屋と近永村庄屋と協議した。

「物見によると、一揆勢の本体は、宮ノ下村に集結しているということです」

郷目付弥兵衛が報告する。

「本体が集結している以上、あの者らだけを村に帰すのは無理でしょう」

近永村庄屋は、百姓たちの心情を察した。

「一揆勢は大綱を担いでいます。法華津屋を引き倒すのだと息巻いている様子です」

郷目付忠平の言葉に、友岡代官は唸った。

「吉田に行かせると、大ごとになるの」

「宇和島城下に来られても大ごとです」

鹿村が言う。

「それはそうだが」

「とりあえず、訴状を出させてみてはいかがでしょう」

奈良村庄屋が提案する。

「そうじゃな。どちらにしても、詳しい経緯がわからぬことには、手の打ちようがない。米借用の件はいかがいたそう」

「わたくしが請け負いましょう」

近永村庄屋が申し出る。

「それは、ありがたい」

「領内通過の件はどうされますか」

鹿村が問う。

「許可するしかなかろう」

話が決まった。

友岡代官と鹿村は吟味をしている部屋に戻り、武左衛門たちに申し渡した。

「米は近永村庄屋が貸し付けるので、それぞれの村で何人分必要か借用書を書くように」

百姓代表たちは、嬉しそうに顔を見合わせた。

「領内通過も許可しよう」

百姓代表たちの顔に、希望の灯が灯る。

「だがまず、訴訟として取り上げねばならん。訴状作成を命じる」

普通、訴状は役人や庄屋が聞き取りをして書く。手間がかかる作業だ。

(これで時間稼ぎもできるだろう)

友岡代官は、その間に藩から使いも戻ってくると思った。

「わかりました。紙と筆と墨をご用意いただけますか」

武左衛門の願いを断ることはできない。代官は下役に命じ、用意させた。

武左衛門は友岡代官たちの前で、訴状文をすらすらと書き、代官たちが席を立つ間もなく差し出した。

先ず吟味役の鹿村がそれを読み、その文章の理論整然としていること、字の達筆なことに驚く。

「問題なく存じます」

鹿村は平静さを装い、友岡に訴状文を渡した。友岡もそれを読み、目を見張った。

鹿村も友岡も、彼が今回の一揆の頭領だろうと思った。元は武士かもしれないとも思った。

二人は秘かに、この男がなそうとすることを見届けたいという気持ちになった。

「この訴状は確かに宇和島藩が受け取った。吉田藩の者が宇和島藩を通ることに支障がないよう各番所に触れも出しておこう」

友岡代官が約束する。

「ありがとうございます」

武左衛門たちは喜び、深々と頭を下げた。

「で、そなたらは、吉田に向かうのか？」

友岡代官が武左衛門に訊ねる。

「わしらは、願いを聞いてもらえる所へ向かいます」

武左衛門は、意味ありげに笑って見せた。

武左衛門たちが酒屋を出ると、宮ノ下にいるはずの与吉たちがいる。百姓が三百人ほど増えていた。

「到着が遅いので、捕らえられたのかと心配して引き返したのです」

与吉は武左衛門の顔を見て、安堵した。

「心配させてすまなんだ。宇和島藩の役人は話の分かる人たちやった。みんなに話さんといけんことがある。皆、宮ノ下村に集まったか」

「はい、後は武左衛門さんたちだけじゃ」

「では、行こう」

武左衛門を先頭に、一同は歩き出す。

武左衛門たちは陰地の内深田村から宮ノ下村に行こうとした。が、内深田村庄屋が火縄銃を持って立ちはだかった。

「わしの村を通ることは許さん。さっさと自分らの村にいね！」

鬼のような剣幕で、先頭を行く武左衛門に銃口を向けてくる。

武左衛門が見ると、内深田村庄屋の後ろには陰地代官平井多右衛門と役人たちがいる。

武左衛門の横にいた吉造が、内深田村庄屋に火縄銃で狙いを付けた。内深田村庄屋が引き金を引く前に打ち殺す自信はあった。

「どうします」

鉄五郎が、武左衛門に聞く。

「そうだな」

武左衛門は、相手の出方を待った。

平井代官が出て来た。

「みなのもの、強訴はご法度である。皆、早々に自分の村に立ち返れ」

武左衛門は前に出た。

「お代官様に申し上げます」

武左衛門は、内深田村庄屋の銃口を恐れもせず、歩いて行く。

「一揆の本体は宮ノ下村に集結しております。我らだけで帰村などできようはずはありません」

「ここは、通さんぞ」

内深田村庄屋が息巻く。

「帰村に関しては、本体の者たちと協議するしかありません」

内深田村庄屋を無視して、武左衛門は平井代官と話をする。

「話し合えば、帰村するのか」

「それはわかりません。ただ我らが夜までに行かなければ、本体は我らを待たず、進むでしょう」

自分たちだけを帰村させても意味がないと、案に告げる。

「ここは、通さんぞ」

内深田村庄屋が、武左衛門に銃口を向ける。

「陽地を行きます」

武左衛門は内深田村庄屋に笑いかけた。内深田村庄屋のような気骨のある男は嫌いではない。

武左衛門が踵を返そうとすると、平井代官が呼び止める。

「待て、願い事があるなら、願書を出してくれ」

「わかりました。皆と協議して、いずれ提出致します」

武左衛門は軽く頭を下げて、一行を引き連れて陽地へと引き返した。

6

武左衛門たちは夕刻に宮ノ下村に着いた。桑名屋が大量の握り飯を作って、一揆勢に配っていた。

「恨みもないこの家から、このような情けを受けるとはかたじけない」

武左衛門は主だった総代を三島神社に集め、相談した。

「わしらは志を持って集まった者たちじゃ。暴徒でも乞食でもない。桑名屋さんの恩情にはきちんとお礼をせんといけんと思うが、どうじゃろう」

「桑名屋さんには、何の恨みもないけんのう」

伝六が言う。

「桑名屋さんに散財させるのは、申し訳ないのう」

小松村の徳蔵も同調する。

「そんなら、一飯につき二分払うというので、どうじゃろう」

武左衛門が提案する。

「それくらいなら、何とか算段できよう」

伝六が言う。武左衛門は伝六に、一揆の軍資金を預けていた。

夜には、吉田口・立間・喜佐方・法華津（現宇和島市吉田町）など吉田からも続々と一揆の群衆が参集してきた。

一同は宮ノ下村で三夜目を過ごすし、三島神社や白業寺、桑名屋が用意した宿などに分宿した。武左衛門は、三島神社の境内に各村浦の総代を集めた。

「法華津屋の所業は憎しみに堪えないが、いまその家を巻き倒しても、一時のうっ憤ばらしにしかならん。わしらの真の目的は、永年にわたる過剰負担を軽減する藩政の改革じゃ」

武左衛門は、焚火に照らされた総代たちの顔を見回した。初めて見る顔も多い。

武左衛門は、山奥郷と飛地はまとめ上げていたが、川筋郷は与吉に、陽地・陰地は藤六に、三間郷と吉田は伝六に任せていた。互いを知らないことで、一網打尽を免れるためだ。また、それぞれが自分事として動くことを、武左衛門は望んだ。

「この目的を達するためには、吉田藩へ願い出るよりも、むしろ宇和島藩にお願いして、公平な御裁許を仰ぐのが上策と考えるが、どうじゃろう」

「わしはなから、その方がいいと思うとった。吉田藩に訴えても埒が明かん」

国遠村の幾之助が真っ先に言う。

「わしは、宇和島藩の領民になりたいぐらいじゃ」

沢松村の藤六が賛同する。

「内ノ子騒動の時は、大洲藩の支藩・新谷藩の調整で成功した。宇和島藩は吉田藩の宗藩じゃから、余計よかろう」

小松村の徳蔵も賛成する。

「近永代官の対応は、良かった。宇和島藩は信頼できると思う」

川上村の庄右衛門も言う。

「そんなら明日は、宇和島に向かう。集合地は中間村（現宇和島市伊吹町）の八幡河原じゃ」

武左衛門の決定に一同はうなづいた。

「すまんが、鉄五郎は三之進と一緒に、飛地の北灘（現宇和島市津島町北灘）、下波、蒋淵《こもぶち》（現宇和島市下波、蒋渕）の浦方三ケ村に行って、八幡河原に集まるよう誘い出して欲しい。宇和島藩領内を通れるよう、友岡代官が手配してくれとるはずやから、安心して来るように言うてや」

「わかった」

「猟師を一人護衛につけよう」

吉造が言う。

「そうしてもらえると、ありがたい」

武左衛門は吉造の申し出を心強く思う。

鉄五郎は上大野村の者が集まっている場所に行き、同じ小頭の三之進と猟師一人を伴って、出発した。

雨が降り始めた。春雨だが冷たい雨だ。

「他のみんなは、休んでください。風邪をひかんように、これからが勝負ですけん」

「そうやな、明日はいよいよ宇和島城下か」

藤六は嬉しそうだ。

藤六たち総代はそれぞれの村の宿に戻り、戦術変更を熱っぽく語った。

武左衛門と伝六と吉造は雨の中、焚火の傍に残って話し合った。

「飛地の北灘、下波、蒋淵の浦方三ケ村の者たちも明後日には八幡河原に着くじゃろう」

「武左衛門さんは、はなから、宇和島藩に願い出るつもりじゃったんか」

伝六が聞く。

「七三というとこかな。宇和島藩が駄目そうなら、大洲藩か土佐に出ると言う手もあったが、近永での対応を見て、決心した」

「えらい大所帯になったもんじゃな」

金を預かる伝六は、心配だった。

元々百姓たちには、金も食い物もない。だから一揆に立ち上がったのだ。だが一揆に集まった者たちに飲み食いさせないわけにはいかない。飢えると、暴徒化するのは目に見えている。

伝六は事前に武左衛門から幾らかの軍資金を預かっていたので、宮ノ下村の桑名屋に支払いもできた。武左衛門がどこから金を工面してきたのかはわからない。桁打して軍資金が集まるとも思えない。

「長期戦になるかもしれん」

「金はどうする?」

他の百姓たちは、こういうことは考えない。勢いに任せてやっても、一揆は成功しないことを、二人は知っていた。

「明日、桑名屋さんに二飯分(一日分)の金を払って、握り飯を作ってもらってください。みんなも手伝えば、昼までにはできるやろう。それから出ても、夜までには八幡河原に着く。近永村の庄屋に米を借りたので、明後日の朝はそれを雑炊にしましょう。八幡河原に着いたら先ずは寒さ対策じゃ。夜はまだまだ寒いけんの。中間村の百姓衆にお願いして、雑炊用の大鍋とお椀を借り、野菜と薪と藁と炭を安く分けてもらいましょう」

武左衛門が言う。

「雨やと、焚火も起こせんけんの」

伝六も言う。雨が最大の敵かもしれないと、武左衛門は思った。

「十三日には飛地浦方の者らも来る。十四日からの食い扶持はどうする？」

「わしが何とかします」

「わしも一緒に行こう」

吉造は武左衛門の護衛を買って出た。

「吉造さん、ありがとうございます。皆が無事八幡河原に出たら、行きます。伝六さんには、その後のことをお願いできますか」

「わかった」

「くれぐれも、宇和島城下の商家などを襲わんよう、抑えてください」

「ようわかっとる。間に入ってもらう宇和島藩に無体なことはせんよう総代らにまとめさすけん」

武左衛門と伝六は、うなづき合った。

7

鈴木作之進から宮ノ下に集まった百姓たちの要望を聞き、夜通し頭取の詮議について協議していた吉田藩重役たちは、十二日の昼過ぎ、一行が吉田藩と宇和島藩の境、窓峠《まどんとう》に向かっていると報告を受け、すっかり浮足立った。

「宇和島藩に入れるな。何としても、宇和島藩の干渉を受けたくない」

主席家老の飯渕庄左衛門は、落ち着きなく協議の間を歩き回る。

「奉行や代官は何をしとる。さっさと捕らえんからこんなことになるんだ」

次席家老の尾田隼人はいら立ち、声を荒げる。

「中組代官岩下万衛門は病により出仕かなわずと、報告を受けております」

末席家老の安藤儀太夫が言う。

「どうせ仮病であろう」

尾田は忌々しく言う。

「やはり、正月に出された百姓たちの願い事をちゃんと取り上げるべきだったのです」

安藤は、背筋を正して座ったまま意見した。

「今更それを言うても、仕方がなかろう」

尾田が叱咤するように言う。

「それよりも、百姓たちの足を止めることが肝心じゃ。鉄砲隊でも出そうかの」

飯渕が物騒なことを言う。

「それはいけません。そんなことをしては、御公儀の耳に入ってしまいます」

安藤が、たしなめる。安藤の夫人は飯渕の娘で、飯渕は舅に当たる。舅の器量の狭さを、安藤はよくわかっていた。

「そうじゃ、御公儀に知れるのはまずい。どうすればいいんじゃ」

飯淵は益々落ち着きを失くした。

（どなたも保身ばかりで、何の解決策も出せない）

安藤は、一揆はなるべくしてなったと思っていた。

（宇和島藩に願い出る方が、穏便に事がすむかもしれないが）

安藤は宇和島藩主村候の覚えめでたく抜きん出られ家老の列に加わった者、宇和島藩の家老たちの方が、吉田藩のこの二人より有能なことを知っていた。

だがそれだけに藩内での風当たりは強い。先の百姓たちの『願い事』に関しても、強硬弾圧を主張する中老の郷六惣左衛門に対し、安藤は税制をはじめとする進歩的な藩政改革を建言した。しかし、飯淵、尾田両家老だけでなく、中老戸田藤左衛門、鈴木弥次右衛門、目付近藤外記にも反対され、安藤の矯正論は退けられた。安藤の味方はいなかった。

（わしの責任は免れないだろう）

宗藩宇和島藩主村候の期待に全く応えられず、領民たちの苦境も救えなかった。安藤は、内心忸怩たる思いだった。

8

一揆の先頭集団、三間郷の無田《むでん》村・迫目《はざめ》村（現宇和島市三間町務田《むでん》・迫目）の者たちは窓峠に出た。そこには、一揆勢が峠を越えて宇和島藩に入るのを阻止しようと、あまたの役人を引き連れた絢爛豪華な騎馬武者が待ち構えていた。紙方作配頭取で目付け役の井上治兵衛だ。雨は降り続いている。

「止まれ、これ以上行くと、他国出稼禁止令に背くことになるぞ」

井上が叫ぶ。

『他国出稼禁止令』とは、農民たちが他領に逃散するのを禁止する法令である。逃散した者は直ぐに捕えられて一族処刑されたり、広い土地を与えられて重労働を強いられるので、処刑を免れても、思い余って自殺する者もあった。

「謀反者ども、直ちに引き返せ」

百姓たちは法螺貝を吹き鳴らし、時々銃の空砲を撃ちながら、止まらない。整然と隊列を組んで進んでくる。

「止まれ、止まらんか」

井上が叫び、役人たちが長棒で先頭の者たちを押し返そうとするが、大群を止めることはできなかった。

反対に押し返され、態勢を崩した役人たちは、一揆勢に踏みつぶされないよう転げるように逃げて行く。井上の馬も、怖がって駆け出した。

「止まれ、止まらんか」

井上は馬に叫びながら制御しようとするが、馬は井上を振り落とし、一揆勢より先に宇和島藩領に入ってしまった。井上はほうほうのていで馬の後を追った。一揆勢の怒涛の笑い声が宇和島領内にまで響いた。

宮ノ下村からの一揆勢は夕方には八幡河原に着いた。伝六は、藤六に金を持たせて、数人の仲間と共に、野菜と薪、藁と炭を買いに走らせた。自身は宇和島中間村庄屋に頼んで、大鍋と椀と箸を借り、川石を組んで大鍋用のかまどを作る手配をした。

武左衛門は百姓たちに村ごとに莚旗と竹槍で小屋を建てるよう促し、百姓たちは内ノ子騒動に倣って、村印を描いた木綿ののぼりを掲げた。小屋の中には川石を組んで囲炉裏を作り、藤六たちが買ってきた炭を熾し、藁を敷いて寒さをしのいだ。

一揆勢の体制が整ったのを見て、武左衛門は伝六に囁く。

「ほんなら、わしらはもう行きます。できるだけはよう、戻ってきますけん」

武左衛門と吉造は、雨にけぶる夜の闇に消えた。

8

十三日の朝には、鉄五郎と三之進に誘い出された北灘、下波、蒋淵の浦方三ケ村の漁師たちが、宇和島城下佐伯町番所に到着した。

「わしらは吉田藩の領民です。八幡河原に集結している一揆に参加するために、ご領地を通過することをお許しください」

鉄五郎が嘆願すると、役人たちはすんなりと通してくれた。

（友岡代官は、約束を守ってくれた）

鉄五郎は心の中で感謝した。

十三日の昼には、吉田藩内八十六か村全村（八十三か村ともいわれる）から八幡河原に馳せ参じ、その数七千五百九十一人。各家一人は参加している計算になる。

「わしらは、吉田藩の悪政改革を願う全領民である」

群衆の前で、幾之助が演説をした。

「吉田藩は今まで、わしらの願いを聞いてくれんかった」

「そうだ、そうだ」

群衆が呼応する。

「もう、吉田藩の宗藩である宇和島藩におすがりするしかない。わしらの願い事が通るまで、全員でここに留まろう」

いっせいに鬨《とき》の声が上がる。八幡河原を埋め尽くす男たちの声は、雷鳴のように辺りに響き渡り、宇和島城下の人々の耳にまで届いた。

吉田の陣屋で「一揆勢八幡河原に集結」の報告を受けた飯淵主席家老は蒼白になった。

「いかん、わしは持病の癪が起こった。屋敷に戻って養生する。後は頼んだ」

「それは困ります」

尾田次席家老は、慌てて引き留める。

「いかん、いかん、頭がくらくらする」

飯淵家老は、年寄りとは思えぬ速足で、退席した。

尾田家老は嘆息する。

「次席家老の尾田様が差配されるしかありますまい」

安藤が進言した。

「わかった。とにかくわしが八幡河原に出向こう」

尾田家老は仕方なく、陣屋を出た。

尾田隼人は、八幡河原に来て、事の大きさを改めて痛感した。雨の中、領民で埋め尽くされた河原。至る所に莚で囲った掘立小屋が立ち、一同が思い思いに話す声が、夏のセミの声のように喧しく響く。

尾田家老は、一瞬二の足を踏んだが、詰めていた横田・小嶋両郡奉行と鈴木作之進を呼びつけた。

「一揆勢の主なる者を呼び集めて、願いの筋を申し出るように伝えよ」

「は！」

作之進は応えたが、誰も申し出はしないだろうと思った。

(御百姓は、もう藩庁を信頼すまい)

だから禁を犯して宇和島藩に来たのだ。それもわからぬ上役に、呆れるばかりだった。

作之進は、呼び出しに応じて八幡河原までやって来ていた各村の庄屋たちを集めた。

「尾田家老より、各村の一揆総代たちを呼び集め、願いの筋を出すようお達しがあった。それぞれの村の衆に話をして欲しい」

庄屋たちは散っていった。

最初に戻ってきたのは、三間郷の庄屋たちだった。

「うちの村の者たちは、村に火をかけると脅されて仕方なく出てきただけで、頭取もわからず、願い事も何であるかわからないと申しております」

宮ノ下村庄屋が言う。

「この度の一揆は、吉田百姓一統の考えでありますから、一統の名で願書は出されるはずで、自分たちはどうしていいかわからないと申します」

是房村の庄屋が言う。三間郷の庄屋たちは、口々に自分の村の者は誘い出されて仕方なく出てきただけだと訴えた。

次に陽地、陰地の庄屋たちが報告に来るが、こちらは様子が違った。

「うちの村の連中は、宇和島藩の領民になりたいと申しております」

沢松村の庄屋が困ったように言う。

「いまさら吉田のお役人に申し上げるくらいなら、わざわざここまで出て来はしません、と申して、言うことを聞きません」

国遠村の庄屋は困り果てた様に言う。

(さもあらん)

作之進は心の中で思った。

浦方の網本（庄屋）たちは、

「呼び出しに応じただけで、よく意味がわかっていない様子です」

と、途方に暮れていた。

最後に、山奥と川筋の庄屋たちが来る。

「自分たちは、既に宇和島藩に訴状を出しているので、いまさら吉田藩に出すつもりはないと申します」

どこの村の庄屋もそう言った。

（山奥・川筋郷が一番統制が取れているようだ。やはり一揆の頭領は山奥にいるのではないか）

作之進は思った。

「わかった。そう申し上げる」

作之進は予想していたことなので、うろたえもせず、報告に戻った。

うろたえたのは、尾田家老だ。百姓などは与しやすいものだと思っていたのだ。

「清延村、則《すなわち》村（現宇和島市三間町則）、川上村の村役を呼んで参れ」

作之進に命じる。その三村は、尾田家老の知行地（各藩が藩士に対して年貢の徴収権を認めた土地）だ。

それぞれの村の組頭がやってくると、尾田家老は直接話をした。

「その方らの働きによって、このまま引き上げるという村を十か村ほど作れ。報酬は望みのままにつかわす」

村役たちは、互いに顔を見合わせた。

尾田家老は、百姓たちは命に従うと疑わなかった。

則村は、呼び出しに応じて参加しただけなので、村人たちに帰村を促すことはたやすかった。

清延村は反対する者もいたが、寒さと飢えで、早く村に帰りたい者も少なくなかった。

だが川上村は、一揆を始めた村の一つ。村人に諮るわけにもいかない。そんなことをしては、自分が村八分にされるに違いない。川上村の組頭は、誘い出されて仕方なく着いてきた村々を回った。

三村の者たちは、内々に奔走して十二、三か村を取りまとめて、尾田家老に報告した。

「そうか、よくやった。望みはなんだ。何なりと申してみよ」

尾田は、機嫌が良かった。

「それでは、一分銀を少しばかり」

川上村の組頭が言う。村人に知れれば村にいられなくなる。人にわからないくらいの報酬がいい。

「わかった」

尾田はそれぞれに一分銀を四枚（一両に相当する）渡した。

9

尾田は直ぐに宇和島城に出向き、宇和島藩主席家老桜田監物に報告した。すでに井上治兵衛が来ていた。尾田は知行地の者に命じて内部離反工作をしたことを自慢げに話し、最後にこう言った。

「宗藩から速やかに立ち退くよう厳命があれば、一揆勢は一も二もなく退散します」

黙って尾田の話を聞いていた桜田は、かっと目を見開いて、尾田をにらみつけた。

「そのようなあざといことで、事が治まると思うておいでか」

桜田の剣幕に、尾田は言葉を失った。

背後で声がする。

「安藤儀太夫、お召しによりまかり越しました」

尾田と井上は不審な顔をする。

「お入りください」

桜田に言われ、安藤が入って来た。

「飯淵殿はどうされた」

「病により、屋敷に籠っておいでです」

「病、のう」

桜田は、仮病と察していた。

「これはどういうことでしょう」

尾田が怪訝そうに聞く。

「ここに、吉田藩の百姓が書いた訴状がある」

桜田は、友岡代官が送ってきた武左衛門が書いた訴状を取り出した。尾田は緊張した。

「この内容が真のことか、お伺いしたく、吉田藩の重役の方々にお出でいただいた」

尾田は動悸がしてきた。

「吉田藩百姓・漁師の生活ははなはだ困窮に付き、十七か条の願い事を提出いたし候なれど、正月二十三日、『一部許可、一部却下』との通達下り候。されどその実、何の改善もございません」

桜田が訴状を読み上げる。

「これは我ら領民の実情を全く解せぬ、不当な御処分に付き、吉田藩宗藩であらせられる宇和島藩に公正なご判断をいただきたく上訴致すところでございます」

百姓が書いたとは思えぬ文章だ。

「以下、細かく吉田藩への訴えが書いてある。これは真のことであるか」

桜田が訴状を尾田に渡す。

尾田は読みながら、冷や汗をかく。身に覚えのある事ばかりだ。読み終えて、安藤に渡す。

安藤は、その的確な指摘に感心しながら読んだ。

「この訴状内容に、相違ございません」

安藤が応える。

井上がその訴状を奪うように取り読むと、口早にまくしたてる。

「ですが、法華津屋が高利の元銀を貸し付け、品を安く買い取るのは商業の駆け引きゆえであ

ります し、役人の処置が過酷と申しておりますが、それは役目に忠実であるだけですし、年貢が高いと申しましても、これまで永く納めていたものが今になって納められないということもございますまい」

「それが無為・無策・無能というのだ」

桜田が叱責する。

「この件が長引けば、公儀の知るところとなる。そうなれば、藩お取りつぶしになるやもしれんのだぞ」

これには、誰も何も言えない。

「伏見屋七右衛門・長滝史郎兵衛・法華津屋久助の三名から、八幡河原に集まった吉田藩の者たちに炊き出しをしたいと願いが出ておる。許可しようと思うが、異存はないな」

「異存ございません」

安藤が素早く返事をした。

「宇和島藩でも、炊き出しや雨をしのぐ材料等を給付いたす所存じゃ」

「ありがたいことでございます」

安藤は頭を下げるが、尾田と井上は憮然としている。

「この件は、宇和島藩が調停する。御三人ともよろしいな」

否はなかった。

三人は、そのまま吉田の陣屋に戻り、用人と中老、目付を集めて事の仔細を報告した。

「百姓どもに甘い顔をするから、こういう事になるのです」

中老郷六惣左衛門は、いつも強硬派だ。

「それにしても、宇和島藩の態度は、おかしくはありませんか」

井上治兵衛が口を開く。

「物見の報告では、一揆勢の領内通過や城下集結を容認しておる」

「そうだ。炊き出しまでして、嘆願の仲裁に立つと言うのは、肩入れしすぎだ」

中老の鈴木弥兵衛も疑念を口にする。

「まさか、この一揆自体が、本家の陰謀ということはあるまいな」

中老芝安左衛門の言葉に、同席の者の中には疑心暗鬼に陥る者がでた。

「それはないと思います」

安藤が言うと、目付簡野伊兵衛がにらみつける。

「安藤殿は、本家の覚えめでたい方ですから」

「そういえば、安藤殿はいつも藩政改革を訴えておられた」

目付近藤外記が意味ありげに見る。

「宇和島藩に百姓から出された訴状は、とても百姓が書いたとは思えなかった」

井上が、安藤に疑いの目を向ける。

「吉田藩の将来のためには、藩政改革は必要と思っております」

安藤は、きっぱりと言った。

「それは後に協議するとして、今回の事、宇和島藩に任せきりというわけにはいかん。明日は家老の安藤殿に、現場に行ってもらいたい」

尾田隼人は万策尽きたように言う。

「わかりました。明日は、わたくしが参ります」

吉田藩での協議は、それで終わった。

10

武左衛門と吉造は十二日の夜八幡河原を出て、十三日の朝には吉田の町近くの山の中に来ていた。武左衛門は猟師小屋に入って、桁打の格好になった。

「わしは桁打として町に入りますけん、吉造さんはここで待っといてください」

吉造に言う。

「大丈夫か？」

「桁打の姿なら大丈夫です」

漂泊者とされている桁打にも組合のようなものがあり、桁打をひどい目にあわせると、集団でお礼参りに来る。それを知っているので、武士も商人も百姓も、桁打には手を出さない。

町人町に下りた武左衛門は、海産物問屋桑名屋善右衛門の店の裏木戸に回ると、木戸を叩く。

「桁打の武左衛門でございます」

「へい、ただいま」

下女が木戸を開けた。

「今年は早うござすな」

武左衛門は三年前から毎年、桃の節句の前後に吉田の町を門付けして回っていた。

「えろうすみません。旦那さんは、おいでやろか」

「おいでですが、風邪をひいて休まれてます」

「それはいけませんな。お会いできんほどお悪いんやろか」

「どうですやろ。ちょっと聞いてきます」

下女は奥に入っていった。

武左衛門は気が気ではなかった。金を無心できるのはここしかない。これまでの軍資金も、全て桑名屋善右衛門が出してくれていた。

ほどなくして、下女が戻ってくる。

「お会いになるそうです」

武左衛門は安堵した。

下女に案内されて奥座敷に上がると、布団から身を起こして、善右衛門が待っていた。穏やかそうな五十がらみの旦那だ。

「こんな格好ですまんの」

「いいえ、こちらこそ。お具合が悪い所をすまんことです」

深々と頭を下げる。

「急ぎの用やろう」

善右衛門は、武左衛門たちが一揆を起こしたことを知っていた。

「はい。宇和島藩の八幡河原に、吉田藩全域の百姓・漁師が集まりました」

「そりゃ、えろう集まったな」

面白そうに善右衛門は言う。

桑名屋は元々伊勢国桑名から来た商人で、主に海産物を扱っているが、土佐をはじめ諸藩の紙も扱っている。吉田藩の紙も扱いたいと思っているが、紙は法華津屋（三引・叶の両高月家）の専売制のため、参入ができない。何度か役所にお願いにも行ったが、藩内で絶大な力を持つ法華津屋の前に成すすべはなかった。

そんな時、武左衛門がやって来た。初めて見た時から、桁打にしては貫禄のある男だと思った。

武左衛門は一年目は桁打としての話しかしなかったが、二年目、紙の専売制の話をしてきた。

「百姓衆は、法華津屋による紙の専売制を止めて欲しいと思とります」

武左衛門は、山奥郷の百姓たちが法華津屋と紙座役人たちにどれだけひどい目にあっているか語った。

「わしらは、紙を値よう買うてくれる商人に売りたい。旦那さんは、紙を買いたい。わしらの利害は同じじゃないですか」

武左衛門に諭されて、善右衛門は大いに笑った。

「面白いことを言う男じゃ。藩もできんことを、あんたはしてくれる言うんか」

「旦那さんが協力してくれたらできます」

真っすぐな瞳で自分を見つめる男に、善右衛門は興味を持った。

「ようわかった。わしが協力するんは、金か」

率直に聞く。

「そうです。わしらに軍資金を出してもらいたいのです」

「軍資金か。太平の世に、それは面白そうなことや」

善右衛門は、道楽のつもりで、金を出すことにした。

(法華津屋に一泡吹かせることができるなら、それもよかろう)

善右衛門は、武左衛門がしようとすることを見てみたいと思った。

二年目はそんな話だけで、武左衛門は金を無心しなかった。

三年目に、武左衛門は百両の金を小銭で求めてきた。善右衛門は気前よく五十両上乗せして払った。

「今年は、何が望みだ」

病床から善右衛門は尋ねた。

「八幡河原に集まった者たちは、飢えと寒さに耐えとります。食料と寒さを凌ぐ物を頂きたいのです」

善右衛門は少し考えてから、おもむろに提案する。

「宇和島城下に、わしと懇意にしておる伏見屋七右衛門という商人がおる。情の深い男で人望もあるから、彼が動けば、他の商人も何人か動いてくれるやろう。宇和島藩に願い出て、炊き出しをしてくれるよう手紙を書こう」

「そうしてもらえると、助かります」

武左衛門はいい案だと思った。これなら桑名屋善右衛門が表に出ることなく支援してもらえる。

「誰かおらんか」

善右衛門が家人を呼ぶ。

「へい」

奥仕えの男が来る。

「紙と筆と墨と手箱を持ってきてくれ」

奥仕えの者が持ってくると、手紙を書いて封をし、小判の包み二つと共に手箱に入れる。

「これを飛脚便で、宇和島城下の伏見屋七右衛門に届けてくれ」

「わかりました」

奥仕えの者は、急いで出て行く。

「ありがとうございます」

武左衛門は、心からお礼を言った。

「急いどるかもしれんが、事の成り行きを聞かせてはくれんか」

善右衛門の求めを断ることはできない。武左衛門は、尖ぎ山での決起から八幡河原集結までのいきさつを、臨場感豊かに語って聞かせた。

「宮ノ下村の桑名屋は、わしの従弟じゃ。そうか、奴もなかなか粋なことをするの」

武左衛門も宮ノ下村の桑名屋は、善右衛門と関係があると思っていた。善右衛門の金を、従弟に払ったことになる。

楽しそうに武左衛門の話を聞いていた善右衛門だったが、夕方になり咳がひどくなり、熱が上がってきた。

「これはいかん」

武左衛門は風邪をこじらせて亡くなったおしげを思い出した。

「すいません、誰か、医者を呼んできてください」

奥仕えの男に医者を呼びに行かせたが、生憎、医者は留守だった。

善右衛門の妻と娘が心配して来る。

「善右衛門さんは、心の臓に持病はありませんか」

武左衛門は善右衛門の妻に尋ねた。

「いえ、そのようなことは」

善右衛門は丈夫な質だった。

「それでは薬屋で、葛根湯と地龍を買ってきてください。それと、お湯を沸かして、体を拭く布も用意してください」

武左衛門が支持する。妻は使用人に命じて薬を買いに行かせ、湯の用意をさせた。葛根湯で汗をかかせて、地龍で解熱する。地龍はミミズを乾燥させた物だ。心臓の弱い者には勧めない方法だが、熱を下げる一番の方法だ。武左衛門は百姓たちの陰の恩人である善右衛門を、一晩中看病した。

11

陣屋から戻った安藤儀太夫継明は、宇和島藩主席家老桜田監物と吉田藩次席家老尾田隼人に書状を書いた。

桜田には、この度の一揆に対する宗藩の温情への感謝と宇和島藩主村候の恩に報いることができなかった詫びがしたためてあった。

また、自分の命に代えて百姓たちの言い分を聞いていただき、吉田藩との調停に宗藩として尽力いただきたいとの願い事を綴った。

尾田には、自分が責任を取るので、それに免じて百姓たちの願い事を聞いていただきたいと頼み、藩政改革の必要性を説いて、自分の考える藩政改革案を示した。

書き終えると、夫人を呼んで、切腹の覚悟を伝えた。

「それでは、わたくしもお供いたします」

二人は政略結婚だったが、仲睦まじく、想い合っていた。

「いや、それはならない」

「なぜでございます」

「富太郎はまだ十六、元服を終えたとはいえまだ子ども。そなたには、富太郎の成人を見届ける義務がある。それに舅殿より先に行くのはよくない」

舅とは主席家老の飯淵庄左衛門のことだ。

「何も、あなた様がすべての責任を取られることはないのに」

夫人が涙する。

「わしの至らなさが招いたことだ。武士としての道を示したい」

安藤は、心を決めていた。

「わかりました。わたくしも武士の妻、覚悟はできております」

夫人はけなげにも言い切ると、儀太夫の死装束の用意をした。

安藤は若党の千右衛門を呼び、八幡河原への供と、切腹の折の介錯を頼んだ。二十歳になったばかりの千右衛門は、一瞬驚いた顔をしたが、直ぐに覚悟を決めた。

「わかりました。どこまでもお供いたします」

千右衛門は、安藤から桶箱を預かった。

儀太夫は小袖の下に白無垢を着こみ、肩衣を付けた。夫人は寝ていた嫡男富太郎を起こし、三人で水杯を交わす。

「父上、こんな時間に何処へおいでなのです」

何も知らない富太郎が聞いた。

「大事なお役目で出かけるのだ。そなたも、武士として恥ずかしくない生き方をするのだぞ」

それだけ言って、油紙に包んだ二つの書状を胸に挿し、まだ日が暗い内に、安藤は千右衛門と下男を伴い、籠で八幡河原に向かった。

安藤は八幡河原の川下で籠から降り、夜明けを待った。夜明けと共に、下男に、八幡河原に詰めている宇和島中間村の庄屋を呼びに行かせた。

庄屋は不在で、二人の倅が来る。

「百姓衆の話を聞くため、吉田藩家老安藤儀太夫が参ったと触れてくれ」

「畏まりました」

二人の若者は走っていった。

安藤は、本道より三十間ばかり上北側の堤に上がり、その場に坐した。千右衛門も安藤の後ろに桶箱を置いて後方に控える。冷たい雨が、霧雨のように降っている。

百姓たちは、宇和島中間村庄屋の倅たちの触れで小屋から出てきたが、遠巻きに見ているだけだった。

安藤は、一揆勢に向かって呼ばわった。

「わしは、吉田藩家老安藤儀太夫継明である。そなたたちの要望を聴きに参った。ここまで来てはくれまいか」

誰も進み出ない。しばらくしてようやく上大野村の勇之進が、おずおずと進み出た。

安藤は嬉しそうに勇之進を見た。勇之進は、武左衛門の代わりに自分が出なければならないと思い、律義に出てきたのだ。

「吉田の役人には用はない」

藤六が声を上げる。

「そうだ、帰れ」

幾之助が泥を投げ、安藤の顔に当たる。千右衛門が刀に手をかけ、百姓たちは一瞬怯む。安藤は千右衛門を止めた。

勇之進は恐ろしくなって、引き下がった。

「そなたらの怒りはもっとものこと」

百姓たちに向き直り、安藤は言った。

「藩政に当を得なかったのは全てわしの責任である。許して欲しい」

土下座して謝る。百姓たちは、意外な展開に驚き静まった。

「上下に対して一言の申し開きもないので、今ここで責任を取る。みなのものは、早く訴状を出してご裁許を受けて、それぞれの村に帰って家業に精を出して欲しい。決して、お上を恨んではならぬぞ」

安藤は油紙の包みを出して傍に置くと、肩衣をはね、小袖を脱いで、白無垢になった。

千右衛門が左斜め後ろに立ち、刀を構える。安藤は作法通り懐紙で短刀の刃を巻き、腹を出して横に切り、臍から上にはね上げた。百姓たちは初めて見る切腹に息をのんだ。千右衛門の刀が、安藤の首を切り落とす。鮮血が辺りに飛び散る。

幾之助が腰を抜かした。百姓たちはあまりの出来事に、声すら出ない。千右衛門は安藤の首を桶箱に納めると、自らも頸動脈を切って相果てた。

「安藤様が、切腹なされた」

百姓たちが騒ぎ出す。手を合わせて涙する者、興奮して人々に知らせに走る者。辺りは騒然となった。

伝六は、静かに手を合わせた。藤六は放心状態の幾之助を立ち上がらせ、連れて行く。勇之進は恐ろしそうに鉄五郎にしがみつき、鉄五郎と清蔵と与吉は黙って二つの遺体を見つめた。

小嶋と横田は現場に走って宇和島藩郡代徳弘弘人奉行と協議する。宇和島藩の大目付渡邊平兵衛と物頭兼町奉行田原七左衛門も慌ててやって来る。鈴木作之進も現場に来て、変わり果てた安藤儀太夫の姿に言葉もなかった。

作之進は、遺体の側にある血が飛び散り雨に濡れた油紙を拾い上げる。中に二通の書状が入っていた。

「横田様」

作之進に渡された書状を見て、横田は安藤の覚悟のほどを知った。

「わしが報告に参る」

横田は書状を手にその場を去る。小嶋は手配して、安藤と千右衛門の遺体を荷車に乗せて吉田へ引いて行かせた。人々は、手を合わせて二人を見送った。

横田が宇和島藩庁で桜田家老と会談中の尾田家老に報告すると、尾田隼人は真っ青になった。

「儀太夫、切腹は早かりし。もってのほかの大不忠者め」

桜田は叫んだ。安藤を憎んでではなく、惜しんでの言葉だった。

尾田はうろたえ、茶をこぼし、立ち上がって歩き回った。

「家老の身としてうろたえ給うな。静まり給え」

桜田は叱咤する。

「安藤様の書状でございます」

横田が桜田に書状を渡す。尾田は心神喪失となり、書状を受け取ることもできない状態だ。

桜田は尾田までもが切腹しかねないと心配し、横田と宇和島藩士をつけて吉田に帰した。

12

武左衛門と吉造は、雨が降り続く中、昼前に八幡河原に着いた。全体が通夜のように静まり返っている。武左衛門を見て、伝六がかけつけた。

「何かあったのか?」

伝六の顔を見るなり、武左衛門が聞く。

「朝方、ここで安藤儀太夫様が切腹された」

「なんと」

武左衛門は絶句した。

「責任は自分にあると言われて、あの堤の上で」

武左衛門は北側の堤に走って行く。土に赤黒くしみ込んだ血の跡があった。

「何ということだ。わしが、もう少し早く戻っておれば・・・大事なお方を失った」

武左衛門は血のしみ込んだ堤に手を当て、涙した。

「安藤様は、早々に訴状を出して裁許を受けて村に帰り、正業に専念するよう言い残された。お上を恨むなとも」

伝六の話を聞いた武左衛門は、涙をぬぐった。

「安藤様の死を無駄にはできん。早々に訴状を出そう」

「武左衛門さんが取りまとめてはくれんやろか。中間村の庄屋が願書を早く出せと督促するし、吟味役の鹿村様も、願書を出さないと裁許もできないとおっしゃるが、皆、安藤様の死の衝撃が大きすぎて、考えがまとまらん」

伝六も、困り果てていたところだった。

「わかりました。地域によって言い分が違うやろうから、山奥・川筋を一団となし、陽地・陰地・三間・立間・喜佐方の平野部を一団とし、浦手の海岸部を一団として願書を出すのがいいやろう。山奥・川筋は既に訴状を出しておりますので」

「そうやな。まずは、三間郷の総代たちに集まってもらおう」

武左衛門と伝六は地区ごとに話を聞き取り、十五日の暁七つ（午前四時頃）には陽地・陰地・

三間・立間・喜佐方の平野部が訴状を出し、宇和島藩が時間を切った昼八つ（午後二時頃）には浦方の願書も出した。

山奥・川筋からは改めて、十一か条の訴状が差し出された。

一、上納米・豆の量り方の事
一、紙楮の事
一、御用紙の事
一、江戸夫・地夫の事
一、井川夫食の事
一、庄屋野役の事
一、材木出歩の事
一、炭出し夫の事
一、家中頼母子《たのもし》無尽《むじん》（庶民の相互扶助のための金融手段）の事
一、禁酒杯の事
一、江戸への進物の事

以上。

吉田藩と宇和島藩の重役たちは徹夜で評定を行い、翌十六日明け六つ（午前六時頃）、横田

郡奉行、鈴木作之進は河原に行った。中老郷六惣右衛門も馬で来る。小嶋郡奉行は宇和島の御殿に詰めて待機した。百姓たちは各村の庄屋の引率で整列している。

両藩の役人、各村浦庄屋立ち合いのもと、宇和島藩郡代徳弘弘人から申し渡しがあった。

「その方どもの願いの筋は、吉田御家老、中老、お奉行衆と相談の結果、裁決が決まった。今から申し述べる。ここを今日引き払った後は諸事つつしみ、帰路においても吉田の軽き役人に対しても無礼なきようにせよ。めいめい帰村の上は、生業あいつとめるように」

人々は神妙に聞いている。

人数が多く願書内容が違うので、まず三間郷など平野部に裁許の申し渡しがあった。

「願出は全て承認するが、なお細部検討の上、後日申し渡すので、おのおの承知して帰村するように」

一揆勢から雪崩のように喜びの声が沸き上がった。

「静まれ、これより、裁許書を読み上げる」

鹿村覚右衛門が声高く言うと、一同は静まった。

その後、横田茂右衛門から補足説明がされ、平野部の人々は喜んだ。

次に浦手に対して申し渡しがあり、最後に山奥・川筋に対して行われた。

宇和島藩郡代徳弘弘人から全面承認の言葉があり、その後鹿村覚右衛門が裁許書を読み上げる。

「一つ、上納米・大豆は一俵四斗の量りきりとし、差し米は廃止、大豆銀納は大坂相場から宇和島相場に引き下げ徴収する。一つ、紙楮は御用紙以外は、運上金さえ納めていれば、売買は自由とする。一つ、御用紙は紙方役所を廃止して従前の通り郡方役所を通して農民から直接買い取る。また法華津屋の独占を解き、貸付金は五年間支払いを猶予する」

山奥・川筋郷の村々の百姓たちは、涙を流して喜び合った。

「一つ、井川夫食については、一日二合五勺であったものを、四合五勺に引き上げる」

読み上げられるごとに、全村の者が喜び合い、至る所で喜びのすすり泣きが聞こえた。

「最後に、一揆の指導者は処罰しないものとするので、全員安心して速やかに帰村するように」

歓声の声が沸き上がる。

その後、横田郡奉行が補足説明するが、村人たちは唄い踊りだし、聞いていなかった。

解散に際し、宇和島藩から食事が下され、百姓たちはその温情に感謝しながら、それぞれの庄屋に連れられて整然と引き上げた。念のため、宇和島・吉田両藩の藩士や足軽が護衛して行った。

「武左衛門さん」

小松村の徳蔵が、別れ際にそっと声をかけた。

「大洲藩の、首謀者の詮議はせんという約束は破られました。気を付けてください」

武左衛門は黙ってうなづいた。吉造もその言葉を聞いていた。

第五章　捕縛

1

寛政五年二月二十六日（西暦一七九三年四月六日）には吉田藩より、全村に正式な通達書が送られて来た。山奥・川筋郷では、先に出されていた十一か条の要求に加えて、十二か条を追加承認する全面承認となった。人々は、善政の到来を信じ、喜び合った。

武左衛門は嘉兵衛に戻り、一百姓として家族と慎ましく暮らしていた。組頭の役は勇之進のままだったが、勇之進は何かと嘉兵衛に相談した。

ただ、三間郷では願い事の追加が次々起こり、「三間内後の企て」と呼ばれ、横田茂右衛門郡奉行や中見役鈴木作之進が往生していると耳にした。嘉兵衛は、三間郷のその動きを危惧した。

(宇和島藩を刺激せねばいいが)

一揆の折は吉田の百姓たちに味方してくれた形の宇和島藩だったが、所詮、支配者層、

(百姓が力を持つのは喜ぶまい)

と嘉兵衛は思った。

桜が葉桜に変わる頃、一人の遍路が嘉兵衛を訪ねて来た。

「伝六さん」

嘉兵衛は、遍路の顔を見て驚いた。

嘉兵衛と伝六は、熊野神社の葉桜の下で、酒を酌み交わした。新緑が目にまぶしい。

「八十八か所参りですか」

嘉兵衛は懐かしく思った。自分もかつて回った。

「そうじゃ、同行二人じゃ」

遠い目をして、伝六が応えた。

「いつお帰りで」

「多分、もう帰らんな」

寂しそうに伝六は言う。

「どういうことです」

嘉兵衛は不安を感じた。

「わしは三間中間村庄屋二宮家の出でな。庄屋筋から一揆首謀者を出したと、えらい騒ぎに

なってな」

二宮庄屋は八幡河原に出張っていたので、伝六が一揆を差配しているのが耳に入ったようだ。

「家族や本家に迷惑がかからんよう、女房とは離縁し、わしは死んだことになった」

「そんなことに」

嘉兵衛は責任を感じた。

「それに、安藤様が気の毒でな」

「切腹されたことですか」

「それもあるが、わしらや藩のために死になはったのに、ご子息は冷遇され、奥方は病に臥せられとるそうじゃ」

是房村は吉田の町に近いので、藩庁の情報が良く入る。安藤儀太夫の死は病死扱いにされ、一揆の話は藩内では御法度のようだとも言う。

「遍路に出たのは安藤様の慰霊もある」

伝六は情に厚い。

「それに、雲行きが怪しい」

「どういうことです」

伝六が、嘉兵衛を見た。

「三月十二日（西暦四月二十二日）に宇和島藩から吉田藩に、役人・政治の批判をさせてはならぬ、と通達が来たそうです」

「宇和島藩が」

嘉兵衛は、危惧していたことが現実になったと思った。

「二十二日（西暦五月二日）には、今回の事は公儀に届けなくてもよい、ということになったようです」

「それは、吉田藩は喜んだでしょう」

「そうでしょうな」

（これは、吉田藩が公儀の目を気にせず動けるようになったということか）

嘉兵衛は警戒心がわいてきた。

「わしは、もう行きます」

伝六は立ち上がった。

「お気を付けて」

「武左衛門、いや嘉兵衛さんこそ気を付けて」

伝六は神社の階段を下りて行く。

（伝六さんは、警告に寄ってくれたのだ）

嘉兵衛は思った。

2

四月（西暦五月）に入り、上大野村では普請方役人岡部二郎九郎の指揮の元、井川普請が行われた。

一揆の前までは流されて耕作できない田まで年貢がかかり、しかも修復は自分でせよと言われていた。だが今回は、労賃として飯米がたっぷり支給され、仕事の慰労に酒まで振舞われる。

さらに、直した田で再び耕作ができる。村人たちは大張り切りだった。

井川普請は村人総出で、割り振られた仕事をする。嘉兵衛と鉄五郎は、組頭の勇之進と共に、壊れた堤の修復を担当していた。

田の修復をしていた百姓たちの前に、大きな石が立ちはだかる。上流から流されてきた大岩で、それを取り除かないと田は使えない。みんなで力を合わすが、動かない。

「これは、十万石を動かした武左衛門さんに頼むしかないな」

百姓の一人がもらす。岡部は聞き耳を立てたが、素知らぬ振りをする。

「いや、それには及ばんよ。これくらい、わしらだけで何とかできらえ」

百姓たちは、一揆を成功させて自信がついていた。

「そうじゃな。みんなで力を合わせたら、こんな岩くらい」

百姓たちは手に手に長く丈夫な丸木を持ち、大岩の下に差し込んで、梃子の原理で岩を持ち上げ、川に落とす。

「やった！」

百姓たちが、歓声を上げた。

夕方の慰労の席で、岡部は百姓たちに愛想よく酒を勧めた。嘉兵衛たちは早々に帰るが、酒好きの者たちはいつまでも飲んでいる。

岡部は、酔いが回り口が軽くなった百姓に話を振った。

「それにしても、先の一揆の手腕は見事な物じゃったな」

「お役人様もそう思うかな」

残った百姓たちはいい気分で、警戒心がない。

「彼らを百姓にしておくのは惜しいので、士分に取り立てたいと、上の方々は仰っているのだが」

岡部は、百姓たちの顔をうかがう。

「武左衛門さんが、武士になんなさるのか」

「あん人は元々、武士やろう」

「違うぞ、坊さんじゃぞ」

百姓たちが、口々に言う。

「武左衛門さんは、どこのお人かな」

岡部がそれとなく聞く。一揆の頭領が武左衛門という名であることは、耳にしていた。だが、藩内にそんな名前の百姓はいなかった。

「上大野村の嘉兵衛さんじゃ。桁打の名が武左衛門じゃ」

岡部は（しめた！）と思った。

「ほんやけど、鉄五郎が武士いうんはな」

「あれは気が短いけん、刀持たせたら危ないぞ」

「そうじゃ、そうじゃ」

酔った百姓たちが盛り上がる。

「他には、誰がおる？」

「武左衛門さんがおらん時は、伝六さんが仕切っとったのう」

「伝六さんが副頭取じゃ」

(是房村の伝六か。組頭じゃないか)

岡部は是房村の井川普請の時に話したことがあった。

「後は？」

「勇之進さんは、武左衛門さんの義理の弟やから、よう働きよったの」

「三之進も使われよったじゃないか」

「川上村の庄右衛門さんと小松村の徳蔵さんは、近永の酒屋に入っていきなはったな」

「彦之進と彦吉兄弟も、川上の世話しよったの」

「藤三郎と延川村の源治もよう働きよった」

「小松村の勘之允もおったやないか」

「他には？」

岡部は興奮する気持ちを抑えて尋ねた。

「山奥以外のもんは、ようわからんのう」

「川筋は与吉とかいう若いのじゃなかったか」

「そうじゃ、もう一人誰かおったな」

「陽地や三間のもんは、伝六さん以外名前は知らん」

酒でよく口が回る。

（明日には、自分が言ったことも覚えていないだろう）

岡部はそう思いながら、酔いつぶれるまで酒を勧めた。

岡部はその夜のうちに、聞き出した人物名を書いた手紙を吉田に送った。

3

岡部二郎九郎の報告を受けた藩庁は、大いに喜んだ。

「直ぐに、上大野村、川上村、延川村、小松村、上川原渕村に向かえ」

中老郷六惣左衛門が檄をとばし、横田茂右衛門が出向く。

横田郡奉行は、屈強な捕吏を選び、他の村の者に気づかれないように山伏に変装させて、山奥へ向かわした。作之進と俊治も参加する。

宇和島、吉田を含む宇和地域、四国西南地域は、対岸の九州国東半島の六郷満山寺院群に匹敵する山岳仏教文化地帯で、白皇山修験（土佐足摺岬・金剛福寺）系の山伏（修験者）の数が多かった。捕吏たちは不審がられることなく、それぞれの村に潜み、月の出を合図に一斉に踏み込む手はずになっていた。

「嘉兵衛が本当に武左衛門かどうか、確認せねばならん。誰か、百姓の真似をして呼び出せ」

横田郡奉行が配下の者に言う。

「わたしがやります」

作之進が言い、戸口に向かった。

その日も井川普請があり、嘉兵衛は疲れ切って眠っていた。戸が荒々しく叩かれる。

「武左衛門さん、武左衛門さん、急用です。開けてください」

嘉兵衛は目を覚まし、戸を開ける。

「はい、何でしょう」

嘉兵衛が顔を出すと、作之進と目が合った。嘉兵衛は全てを悟った。捕吏たちが一斉に取り押さえる。

「武左衛門こと嘉兵衛、一揆を扇動した罪で召し取る」

横田郡奉行が言う。

「あんた」

奥からおしまが駆けて来た。

「おしま、たった今、離縁する」

捕らえられた嘉兵衛が、おしまを見つめ言った。連座を心配してのことだった。

「あんた」

「わしは、あんたたちとは何の関係もない」

「とおちゃん」

十二歳の丈助が、八歳のおさとと六歳の嘉助を伴って出てくる。おさとと嘉助は恐ろしそうに、丈助にしがみついている。

捕吏たちが、おしまと子どもたちも捕まえようとする。

「捨て置け」

作之進が言い、確認するように横田を見る。

「一夜の宿をありがとうございました。ご迷惑をおかけしました。お達者で」

嘉兵衛は家族に向かって他人行儀に言うと、抵抗もせず連れていかれた。

「引き上げる」

横田郡奉行が先に立ち、作之進が後に続く。捕吏たちも引き上げた。

おしまが泣き崩れた。

「かあちゃん」

子どもたちが、おしまにすがりつく。

「ごめんよ。かあちゃんは、大丈夫」

おしまは、涙を拭った。

「とうちゃんも、きっと、大丈夫や」

おしまは三人の子どもたちを、しっかりと抱きしめた。

寛政五年四月十四日（西暦一七九三年五月二十三日）のことだった。

四月十七日（西暦五月二十六日）に小松村徳蔵の子藤吉が、二十四日（西暦六月二日）に沢松村藤六が、五月三日（西暦六月十一日）に高野子村幸右衛門、延川村清蔵と三四郎が召捕らえられた。

六月（西暦七月）に入り国遠村の幾之助と興野々村の彦右衛門が庄屋に召連れられ、七月九日（西暦八月十五日）には兼近村の金之進、六右衛門、久兵衛、辰之進が引き出された。

また、上大野村、延川村、父野川村、高野子村、日向谷村、川上村、小松村、出目村、興野々村、上川原渕村、岩谷村、小倉村、兼近村、沢松村、国遠村、清延村、立間村の八十二人が呼び出され、取り調べを受けた。

嘉兵衛たちが捕らえられた翌日、鈴木作之進たちが家宅捜査に来た。おしまと子どもたちは外に出され、黙って見ているしかなかった。

作之進が粗末な木箱を開けると、中からたくさんの狂歌が出てきた。

『どうぞかなと　すがる小嶋の袖きれて　宇城の袖に　すがる三万』

小嶋とは郡奉行小嶋源太夫のことを言っているのだろう。

『どうしようもなく、右往左往して結局宇和島城にすがった三万石（吉田藩）』

と皮肉っている。

（よくできた狂歌だ）

作之進には、一揆に慌てふためく小嶋源太夫の姿が目に浮かんだ。

『冬春の　狸を見たか鈴木どの　ばけあらわして　笑止千万』

（わたしに当てた狂歌か）

『冬春（新春）の狸を見ましたか、鈴木殿。正体をあらわして非常に面白かったですぞ』と言っている。

女文字ではなかったが、筆跡が、作之進宅に届けられた密告文とよく似ていた。作之進は、昨年暮れから三度に渡って起こった一揆の噂は、嘉兵衛が流したものだと理解した。

（我々を化かしていたのだな）

嘉兵衛こと武左衛門は、作之進たちを欺き、機を突いて、一揆を成功させた。

（この狂歌を、わしが見ると仮定して書いたのだろうか）

そうだとしたら、嘉兵衛は捕らえられるのを覚悟していたことになる。

（話を聞いてみなければ）

作之進は、嘉兵衛とじっくり話がしたいと思った。

4

嘉兵衛と鉄五郎と勇之進は、吉田の陣屋にある牢に入れられた。

「あにさん、わしら、どうなるんやろう」

勇之進は不安でたまらなかった。

「こんなことは覚悟の上だろうが」

鉄五郎が怒るように言う。

「心配せんでいい。全部わしにそそのかされた言うたらいいんじゃ」

「そんなことは言えん」

勇之進は泣きそうになる。

「勇之進、お前は組頭じゃ」

嘉兵衛が勇之進の肩をつかみ、目を見つめる。

「わしのことより、村のみんなのために働かんといけん。村の行く末を見届けて欲しい」

勇之進は、泣きながらうなづく。

「頭取は、わしじゃ、武左衛門じゃ。いいな」

嘉兵衛は勇之進と鉄五郎に強く言って聞かせた。

少しして、三之進が連れてこられ、同じ牢に放り込まれる。

「お前も捕まったのか」

同じ小頭の鉄五郎が、三之進を受け止める。

「話したら、帰してくれる言うたのに」

「何話した」

鉄五郎に聞かれ、三之進は口ごもる。

「三之進も心配せんでいい。わしに言われた通りにしただけじゃと言えばいい」

「嘉兵衛さん」

三之進は、すまなそうに嘉兵衛を見る。

取り調べの役人が来た。

「嘉兵衛、出ませい」

嘉兵衛は牢を出され、吟味所に連れて行かれた。

一番高い座に横田茂右衛門郡奉行が座り、その後ろに記録方が控えている。下の段に鈴木作之進たち下役が座り、嘉兵衛は土間に座らされた。

「上大野村嘉兵衛」

横田郡奉行が呼ぶ。

「そなたは、またの名を武左衛門と申すな」

「はい」

嘉兵衛は素直に答えた。

「武左衛門は、この度の一揆の頭領であるか」

「そうなるでしょうか？」

武左衛門は問い返すように言った。

「頭領ではないのか？」

「最初に事を起こしたのが頭領と申すなら、わしがそうでしょう」

「認めるのじゃな。他に誰らがおる。正直に申せば、お上にも慈悲はある」

武左衛門は笑う。

「頭領と申しましても、連判状を集めたわけでも、全てを指揮したわけでもございません。この度の一揆は、そうなるべくしてなったもの、そうは思われませんか？」

武左衛門に問いかけられ、横田郡奉行は返事に窮した。

「正月十一日に百姓たちに願い事を提出させておきながら、その願いを無にされた。それが認められていれば、このような騒動は起きなかったと思われませんか？」

横田郡奉行は言葉もなかった。一揆で承認された内容は、願い事とほぼ同じだ。

「願い事不承認が、一揆の発端と申すのじゃな」

「はい」

武左衛門は横田の目を直視して答えた。横田が目をそらす。

「だが、強訴はご法度。罪は免れぬぞ」

「強訴が百姓の罪と申されるなら、藩の罪は何でしょう？」

役人たちは、ぎくりとする。

「人間、生を受け、罪を犯さぬ者はございませんが、罪の大小はございます。この度の罪は、百姓と藩とどちらが大きいのでしょう」

「百姓の方だ」とは、横田は言い切れなかった。

「そなたの言い分はようわかった。今日はもう下がってよい」

横田郡奉行は、問答を挑まれた気持ちになっていた。

武左衛門が同心に連れて行かれようとした時、作之進が声をかけた。

「一つよろしいか」

武左衛門が振り向く。

「狂歌は、どこで習われた」

武左衛門は笑う。

「自己流です」

武左衛門は満足そうに出て行った。

吟味の末、目付所に引き渡されたのは、上大野村武左衛門と鉄五郎、延川村清蔵、沢松村藤六、兼近村金之進と六右衛門、国遠村幾之助、興野々村彦右衛門、上川原渕村与吉の九人。

藩から『死罪一名、他の者永代牢』の申し渡しが出、協議の末、第一の頭領ということで、武左衛門の死罪が決まった。

5

寛政六年二月十四日（西暦一七九四年三月十五日）、安藤儀太夫の一周忌の日、武左衛門は処刑されることになった。

見せしめのため、吉田の牢から上大野村に運ばれ、河原で斬首される。横田茂右衛門と鈴木作之進たちは、先発隊として前日から上大野村に入り、十四日の朝から処刑場の用意をした。昼には竹で囲われた処刑場ができ、その周りには上大野村のほとんどの村人、近隣の村からも大勢の人々が集まって来た。横田郡奉行たちは、暴動が起きないように警備を強化した。

おしまは子どもたちと最前列に並んで、武左衛門の到着を待った。勇之進、おてる、おちよも一緒にいた。

二月十四日未明、武左衛門は唐丸籠に入れられ、吉田陣屋を出発した。目付・井上治兵衛が責任者として絢爛豪華な馬で先を行き、十数人の同心・捕吏が唐丸籠の前後を取り囲み、小嶋源太夫郡奉行が最後部を守る厳戒態勢の道中だ。

武左衛門は落ち着いていた。

（安藤様も、このような気持ちだったのだろうか）

安藤儀太夫は百姓たちの怨念を鎮めるために亡くなったと、武左衛門は思っていた。

（武士の怨念を鎮めるのが、わしの最後の仕事かのう）

今回の一揆は、自分の処刑で完結するのだと、武左衛門は思った。

東寺や四国八十八か所での僧侶としての修業、上大野村でのおしまたちとの暮らし。それらが全てここに繋がっている。

三間を通ると、沿道の村々から人々が出てきて、遠巻きに見送り、手を合わせる者、涙する者もいた。

一行は宇和島藩領を通り、山奥郷に入ろうとした。

宇和島藩領の清水《せいずい》村と下大野村（現鬼北町清水、下大野）との境にある筒井坂《つついざか》に差し掛かった時、物見の者が走って来た。

「ご報告申し上げます。この先に鉄砲を持った猟師が数人潜んでおります。武左衛門を強取しようとする者どもではないかと思われます」

中老の郷六惣左衛門は、武左衛門奪還の心配をし、各方面に物見を放っていた。

「どうしますか、引き返しますか？」

同心が井上に聞く。

「そんなことができるものか」

そんなことをしては、自分の面子が丸つぶれになる。

「ここで処刑する。武左衛門を引き出せ」

井上は馬を下り、唐丸籠から武左衛門を引き出させる。小嶋は慌てた。

「何をなさるおつもりですか」

縛り上げられた武左衛門が引き出された。

「見ての通りじゃ」

井上は挟箱を用意させて座り、首切り役人を武左衛門の後ろに立たせた。小嶋と武左衛門の目が合う。武左衛門は覚悟ができているように、微笑んだ。

武左衛門たちが予定通りに来ないので、吉造は様子を見に峠に向かった。武左衛門を奪還するため、猟師仲間数人と筒井坂を越えた山から狙いを付けやすい場所に待機していたのだ。

吉造が峠に着いた時、まさに首切り役人の刃が、武左衛門の首を切り落とした。

(間に合わなかった)

吉造は愕然とした。

武左衛門の胴と首は、切り離されたまま唐丸籠に放り込まれ、白布をかぶせて、運ばれて行く。吉造は悔し涙にくれた。

下大野村を抜けると、小松村、延川村、川上村を通る。小松村、延川村、川上村の人々は、唐丸籠に付いて行く。白布で覆われているので、武左衛門の姿は見えない。唐丸籠の下に血がしたたり落ちているのに気づいて訝しがる者もいた。

夕刻、井上たちは上大野村の処刑場に入った。おしまたちは、唐丸籠を見つめた。白布で武左衛門の姿が見えないのがもどかしい。

唐丸籠が下ろされた。小嶋が横田に何事か囁く。横田は驚いた顔をして、唐丸籠に近づくと、白布を外す。

首のない胴体の足元に、武左衛門の首があった。群衆が、声にならない悲鳴を上げた。作之進も固まった。

「罪人の首は、規定通り、七日間のさらし首といたす」

井上が声を上げた。

捕吏たちが唐丸籠から武左衛門の首を取り出し、上大野村と下鍵山村の境、堀切の街道筋に運ぶ。

村人たちは泣き出した。おしまも涙を流したが、意を振るって処刑場に入ると、横田郡奉行の前に出た。

「お奉行様に申し上げます」

気丈に顔を上げ、おしまが横田を見る。

「夫、武左衛門の遺体、引き取らせていただきたくお願いいたします」

横田と作之進は、驚いておしまを見た。

「謀反人の遺体は、川に投げ捨てるものじゃ」

井上が叫ぶ。

「井上殿」

小嶋が、井上に反論の声を上げた。続いて横田が言った。

「川に投げ込む手間が省けます。この女に払い下げましょう。よろしいですな」

今まで井上が見たこともない、横田の毅然とした顔だった。小嶋も厳しい目で井上を見ている。

「まあ、よかろう」

井上は臆するように、意見を下げた。

「ありがとうございます」

おしまは唐丸籠から投げ出された首のない死体を背負い、歩き出した。その姿は、武士たちには鬼気迫るものに見えた。

その後ろを三人の子どもたちが着いて行く。百姓たちは、ただ哀れと思うばかりだった。おてるとおちよが続こうとするのを、勇之進は止めた。それが危険なことだと、勇之進にはわかっていた。

おしまたちが家に着くと、吉造が待っていた。

「おしまさん、すまんことです」

吉造が土下座する。

「嘉兵衛さんを、助け出せなかった」

おしまは、嘉兵衛の遺体を下ろした。

「吉造さんのせいではありません」

おしまが吉造の前にひざまづいた。

「あの人は覚悟の上でした。それより、あの人の亡骸を葬るのを手伝ってください」

吉造が顔を上げる。おしまの後ろに、首のない死体があった。

おしまと吉造、おしまの子どもたちは、床下に穴を掘って、嘉兵衛の遺体を埋めた。罪人を寺に葬ることはできなかった。

「嘉兵衛さんから、自分にもしものことがあれば、おしまさんたちを東寺に連れて行くように言われていました」

「あの人がお世話になった寺ですね」

おしまは、嘉兵衛から聞かされていた。

「直ぐに行きましょう」

せめてその約束は果たしたいと吉造は思った。

「少し待ってください。あの人の首を残してはいけません」

「首を盗み出すつもりですか」

吉造が驚いて問い返す。

「盗み出すのじゃありません。返してもらうのです」

吉造は、嘉兵衛と話しているような気がした。

嘉兵衛の首は『反逆人武左衛門』と表札を付けてさらされていた。おしまは三日三晩、その首を見つめていた。村人たちが来ては手を合わせ、おしまを見て、辛そうに去って行く。

係りの役人も、毎日やって来て見つめ続けるおしまを、やがていない者と意識の端から消した。三日目の夜、おしまを残して役人たちは宿舎に帰った。

おしまは、誰もいなくなると、素早く動いて、懐から出した布に嘉兵衛の首を包み、家に走り帰った。

家では、旅支度をした子どもたちが、吉造と待っていた。

「行きましょう」

吉造に先導され、おしま親子は、夜の山に消えた。

6

寛政六年二月十四日、武左衛門が処刑され、八月七日（西暦八月三十一日）に兼近村の金之進が、十八日（西暦九月十一日）には同村六右衛門が獄中で亡くなった。

第二、第三の頭領と目された沢近村の藤六と、国遠村の幾之助は独房に入れられ、上大野村の鉄五郎と延川村の清蔵、興野々村の彦右衛門、上川原渕村の与吉は、共に牢に入れられた。

十月（西暦十一月）には一揆の処理は全て終わり、取り調べ書など全ての書類が破棄されることになる。破棄といっても焼却されるのではなく、屏風や襖の下張りとして再利用される。

鈴木作之進は、破棄される前に書類を預かり、それを基に、日々付けていた日記と合わせて、二か月かかりで一揆を細かく記録した。そしてそれを、庫外に出ることを禁じた書物『庫外禁止録』として、家中で保存した。

作之進は年末に三間から、陽地、川筋、山奥を視察し、上鍵山村の菊池庄屋宅で年を越し、元旦に光徳院の元を訪ねた。

光徳院は一昨年と同じように、作之進を温かくもてなした。

「吉田も落ち着いたようですな」

囲炉裏端で酒を飲みながら、光徳院が尋ねる。

「はい、やっと」

「やるべきことは、できましたか」

「と、思います」

作之進は『庫外禁止録』を書き上げてほっとしていた。

(今は『庫外禁止録』だが、いずれ庫外に出る日もあるだろう)

作之進は今回の一揆を、歴史に埋もれさせたくなかった。

「そういえば、上大野村の嘉兵衛という男、一度ここに来たことがあったな」

思い出したように光徳院が言う。

「いつです」

作之進は身を乗り出す。

「寛政元年の十一月だったかの」

嘉兵衛が、村から姿を消したころだ。

「何をしに来たのです」

「問答を挑まれた」

「問答ですか」

光徳院は、よく覚えていた。

嘉兵衛を一目見た時から、ひとかどの人物だと見抜いた。

「上大野村の嘉兵衛と申します。光徳院様に、お聞きしたいことがございます」

貧しい百姓の身なりだが、その顔は知性に満ちていた。

「なんじゃろう。まあ、そこにお座り」

光徳院は、嘉兵衛に自分の正面に座るように勧め、その問いを楽しみに待った。

「生とは？」

「死までのつかぬ間の時」

「死とは？」

「再び生まれるまでの静寂」

光徳院は的確に答える。

「人は何のために生きるのでしょう」

「この世で経験を積むため」

「人の死の意味することは」

「しばしの休憩」

嘉兵衛は満足そうに笑い、頭を下げる。

「ありがとうございました」

「では、今度はわしが問う。この世に苦しみが多いのは何故じゃ」

嘉兵衛は、少し考える。

「生への執着があるからでしょうか」

「何故人は、生へ執着する」

「死を恐れるからでしょうか」

「何故、死を恐れる」

「それで、終わりと思うからでしょうか」

「そなたも、終わりと思うか」

嘉兵衛は黙って、光徳院を見る。

「区切りと思います」

「区切り、のう」

光徳院は、面白そうに笑う。

「どう生きたかは、どう死んだかでわかる」

「はい」

「己を惜しむ者は、人に惜しまれず、己を惜しまぬ者は、人に惜しまれる。どう生き、どう死ぬかは、己自身が決めることじゃ」

「はい。はっきりと、道が見えました。ありがとうございます。これは些少ながらお布施でございます」

嘉兵衛は紙に包んだ銭を置き、立ち上がった。

「悔いなく生きよ」

光徳院は（この男は、多分村には帰らぬだろう）と、思った。

「はい。ありがとうございました」

嘉兵衛は、去っていった。

作之進はこの話を聞き、嘉兵衛こと武左衛門の行動が、少し理解できた気がした。

「己を惜しまぬ者は、人に惜しまれるか」

作之進は呟く。

「己を手放せば、己を得るのじゃよ」

光徳院はそう言って、うまそうに酒を飲んだ。

7

「本に皆様　聞いてもくんない　四国のうちにも　かくれもござらぬ　宇和島御分地　吉田の騒動」

是房村の春日神社の境内で、竹造が『りんしょくちょんがりぶし』を唄っている。

「本に皆様八年以前　飯淵庄左が大きな企て　ちぎりの斗棒ができると　升の底をば治兵衛がくぼめる　大豆は一月五勺あがりに　其上一日五分の役銀」

初詣に来た村人たちが、竹造を取り囲んで熱心に聞いている。先の一揆を覚えている者も多い。

「立立高月なんどのまいない受けたる　かじかた頭取井上今城　下役国安蔭山なんどに　お目付簡野もよっぽどおへねえやつだが」

吉田の役人たちの悪道ぶりを、面白く唄い上げる。

「御郡源田は内またこうやく　吉田の悪事をいちいちうちあけ　おのれが身構え正直すぎたる
横田の茂右衛門　百姓を憐れむ心はあれども　源田にわちゃくちゃつきまわされて　心に任

せぬ御上のいいつけ　それからくじけて　いっかな出てこず」

　そこへ役人がやってくる。

「そのちょんがりは禁止である。直ちにやめえい」

　竹造は、さっと姿をくらました。

　吉田藩では、先の一揆に関する話はことごとく禁止となり、上大野村瑞林寺にあった武左衛門の墓（遺体はない）は役人の手で粉々に壊されて、以後の墓作りは禁止された。元々体の弱かった瑞林寺の和尚は、その心労で寝込んでしまう。

　父野川村宗楽寺の和尚隆祥は、役人たちのその所業を憎んだ。隆祥は、秘かに嘉兵衛こと武左衛門を供養しようと考えた。

　表と裏には何も書いてない黒漆塗りの位牌を用意する。その底に筆で
『周防人出目村油谷乙五郎弟也　松左エ門方へ養子来ル人也　上大野組頭内武左衛門事土佐知教坊秘記』と書く。その武左衛門の位牌を、本尊・地蔵菩薩の後ろに置き、拝んだ。

　人々は、いろいろな方法で秘かに武左衛門を供養し、一揆の話は語り継がれた。

一、ひとつ非道のお裁きあれば
二、ふたつふせ火が下からおきる
三、みっつ三間から騒動がおきた
四、よっつ吉田を恨みにおもう

五、いつつ生命にかけあう騒動
六、むっつ村の武左衛門さまが
七、ななつ何にもわが身につけて
八、やっつ八幡河原にそろえ
九、ここで九つ小室が宮よ
十、とうで殿様切腹なさる

村の子どもたちが家々を回り、亥の子唄を唄う。年月は過ぎて行った。

8

文化四年（一八〇七）、一揆後十四年目に、勇之進は父野川村庄屋芝多左衛門や多左衛門の伯父下鍵山組頭芝市左衛門たち同行七人で、四国西国を回った。武左衛門たち一揆の犠牲となった人々への供養と鉄五郎たち永代牢の者たちの恩赦を願う祈願のためだった。

芝庄屋だけでなく、各村の庄屋たちが釈放嘆願に奔走した。だが鉄五郎は、間に合わず、文化五年（一八〇八）に牢内で亡くなった。

勇之進は、鉄五郎の供養のため、上大野村瑞林寺に手水鉢を寄進した。墓を作っても、武左衛門のように打ち砕かれる恐れがあったからだ。

文化六年（一八〇九）、安藤儀太夫継明十七回忌の時、永代牢の者に大赦が行われた。勇之進は清蔵の女房で義理の姉になるおちよと共に、清蔵を迎えに、吉田東口番所前に来た。

二月十四日（西暦三月二十九日）朝五つ半（午前九時頃）、清蔵、藤六、幾之助、彦右衛門、与吉が釈放された。みな薄暗い牢内に十六年もいたので、筋肉も落ちてやせ細り、顔も青白く病人のようだった。早春の朝日さえ眩しそうに目を細める。

「あんた」

おちよが清蔵に抱き着く。

「おちよ」

清蔵はしっかりとおちよを抱きしめた。

「清蔵さん、無事でよかった」

勇之進が、嬉しそうに声をかける。

「勇之進さんか」

清蔵が勇之進を見る。勇之進もすっかり老いていた。

藤六は沢近村の庄屋に、幾之助は国遠村の庄屋に連れられて帰っていく。勇之進たちは二度と会うことがなかった。

興野々村の彦右衛門と上川原渕村の与吉もそれぞれの庄屋に連れられ、勇之進たちと途中まで一緒に帰村する。皆生気を抜かれた屍のようだった。

「武左衛門さんの墓参りに行きます」

別れ際、与吉が言った。

「墓はありません。役人に打ち壊されました」

勇之進が辛そうに言う。

「そうですか」

与吉は力なくつぶやいた。

藤六は村に戻って安心したのか、同年九月二十六日（西暦十一月三日）に亡くなり、翌年の文化七年（一八一〇）春に清蔵が、勇之進も後を追うように八月九日（西暦九月四日）、この世を去った。

9

一揆から三十二年が過ぎた。一揆に参加した者たちがほとんど亡くなり、見聞きした者も少なくなった文政八年二月十四日（西暦一八二五年四月二日）、一人の僧侶が上大野村の瑞林寺を訪れた。桜の花が咲き始める季節だった。

だが瑞林手は、廃寺になって久しかった。一揆後、武左衛門を慕う人々が墓参りに大勢来るようになり、警戒した藩役人に墓が破棄された。元々遺骸はなかったので遺骸が掘り返されることはなかったが、二度と武左衛門の墓を建ててはならないと命じられた。

しかし、墓がなくても武左衛門を慕い訪れる者が後を絶たないため、後継ぎがなかった住職が亡くなると廃寺に追い込まれ、寺も壊された。今はただ、樹齢数百年といわれる大銀杏があるだけだ。

　僧侶は三十後半で、智教院《ちきょういん》といった。新芽が覗く大銀杏の枝が、春の風に揺れている。智教院は大銀杏の幹に手を当てた。

（お前様は、全てを見てきたのでしょうね）

　智教院は銀杏と話ができればいいと思った。

　智教院は、上大野村の、昔嘉兵衛たちが住んでいた場所に庵を開いた。

「お坊さんは、どこからきなはった」

　村の若い衆たちが、他所から来た坊主に興味を持ってやってくる。

「土佐の東寺です」

「いうたら、室戸の最御崎寺じゃないか」

　物知りの若者が言う。

「そんな遠くから、なんでわざわざここに」

「良い村だと聞いたので」

　そう言われて、若者たちは嬉しそうな顔をする。

「誰に聞きなはった」

「母です」

　智教院は、優しい目をして答えた。

智教院はおしまと嘉兵衛の子の嘉助だった。おしまは嘉兵衛が処刑されて九年後、享和三年六月二十四日（西暦一八〇三年八月十一日）、嘉助十六歳の時にはやり病で亡くなった。亡くなる前、「上大野村に帰りたい。死んだら、とうちゃんの遺骨と一緒に連れて帰って欲しい」と言った。

丈助と嘉助は東寺で修業し、共に僧侶となり、丈助とおさとは夫婦になった。丈助は世話になった東寺に恩を返すために残り、智教院となった嘉助が時を見計らって、嘉兵衛とおしまの遺骨を持って、上大野村に戻ってきたのだ。

智教院は荒れ果てた瑞林寺に智教院と刻んだ自分の墓を建て、嘉兵衛とおしまの遺骨を納めた。

「おとっつあん、おかっさん、戻ってきましたよ」

智教院は墓に手を合わせた。

新緑がまぶしい四月（西暦五月）、智教院は父野川村の宗楽寺を訪ねた。

「智教院と申します」

その名を聞いて、年老いた隆祥は驚く。

「戻ってきなはったのか」

智教院と名乗る男は、嘉兵衛にうり二つだった。隆祥は涙を流した。

「どうかされましたか？」

智教院に問われて、隆祥は我に返る。

「すまん。そなたが昔の知り合いにあまりに似ていたもので。名前も同じ知教《ちきょう》と申した」

智教院は微かにうなづく。

「どうぞ、あがりなされ」

隆祥は智教院を本堂に案内した。

智教院は本尊・地蔵菩薩に手を合わせ、経を唱えた。それは真言宗豊山派の経だった。

「真言宗の方ですか」

「はい、東寺で修業致しました」

隆祥は、智教院を見つめる。

「もしや、土佐知教殿の」

「息子です」

隆祥の老いた顔が輝き、立ち上がると、本尊の後ろから一つの位牌を取り出した。

「これをご覧ください」

黒漆塗りの何も書いていない位牌を、智教院に渡す。

智教院はそれを怪訝そうに受け取る。

「底を、ご覧ください」

底を見て、智教院は目を見張った。

『周防人出目村油谷乙五郎弟也　松左エ門方へ養子来ル人也　上大野組頭内武左衛門事土佐

知教坊秘記』と書いてある。

「これは！」

「わたしが供養のため作りました」

智教院は感動のあまり涙を流した。

「ありがたいことです」

「来年は三十三回忌に当たります。その前にこうしてお会いできたのは、仏様のお導きでしょう」

隆祥は、地蔵菩薩に手を合わせた。

「父に、戒名を授けてはいただきませんか」

智教院が頼む。

「喜んで」

隆祥は立ち上がり、本堂から出ると、しばらくして小柄を持って戻ってくる。

「決して消えることがないよう、刻もうと思うが、よろしいか」

「はい」

隆祥は智教院から位牌を受け取ると、小柄で『松瀬武説居士霊位』と刻んだ。「松瀬」とは松左エの流れ（養子）であること、「武説」とは武左衛門の道理や道筋の正しさを讃える意味があった。

「亡くなった年月日を書くのは、まだはばかられような」

武左衛門が亡くなった日、寛政六年二月十四日は、まだ人々に記憶されていて、まだまだ一揆の詮議は厳しかった。

「では今日の日付でいいのでは」

智教院が提案する。

「それでは、おもしろうないな。日付は後日入れることにしよう」

隆祥が言う。

智教院は、隆祥に感謝し、手を合わせた。

智教院は隆祥の勧めで隆祥の姪を嫁にもらい、この地に腰を下ろした。

隆祥は長生きをして八十歳を越えて生きた。八十歳になった天保九年五月十三日（西暦一八三八年七月四日）に武左衛門の位牌の裏に『天保九戊戌年三月四日武左衛門　叓《こと》』と刻んだ。三月四日はなくなった二月一四日の一を上にずらした遊び心だった。過去帳には、刻んだ日を書いた。共にそれまで生きて欲しかったという想いが込められていた。


上大野村の瑞林寺の大銀杏が青々とした葉を付ける夏、父野川村にある宗楽寺では、毎年盆踊りが行われる。その日は父野川村と上大野村の村人たちが、一番いい着物を着て、宗楽寺に集まってくる。

智教院も、若い妻と小さな息子を連れてやって来た。老若男女が輪になって、盆踊り唄を唄いながら踊る。

「伊予の宇和島　分かれの吉田
わずか吉田は三万石で
吉田騒動のはじまる時は
一つ下から騒動の願い
二つ不思議は天災ごとよ
三つ三間から騒動のねがい
四つ吉田をうらみに思い
五つ命にかけがえないぞ
六つ無残な安藤様
七つ何にも我が身にとって
八つ八幡河原にそろい
ここで九つこむろが宮よ
十で切腹ナムアミダブツ
吉田騒動あらあらすんだ」

人々は、「六つ無残な安藤様」と唄いながら、心の中では「六つ無残な武左衛門様」と唱えて供養していた。

(おとっつあんのことを、皆、忘れはしない)

智教院は、人々の盆踊り唄の中に、父親の存在を、しっかりと心で感じていた。

庭石に腰かけて、踊りを見ながら泣いている年寄りがいた。智教院と目が合うと、一瞬顔を輝かせ、智教院を見つめる。

智教院が会釈すると、年寄りは笑顔を返した。上川原渕村から来ていた与吉だった。与吉は智教院を見て、武左衛門に再び会えたような気がした。

（武左衛門さんは、今も生きとる）

与吉は思った。

武左衛門の精神は村人たちの心の底に流れ続け、血脈は今も受け継がれている。

（完）

〈参考資料〉
「武左衛門一揆を探る」松浦洋一（『ふるさと通信あいり』）
『歴史と教育　第13号』愛媛県歴史教育者協議会（愛媛県歴史教育者協議会編集委員会）
『庫外禁止録（井谷本）』編者：上田吉春、松浦洋一（日吉村教育委員会）
「新版五行　りんしょくちょんがりぶし」武左衛門一揆記念館所蔵資料
「武左衛門は、三年間領内を巡って同志を得たか　新史料から見る武左衛門一揆」宮本春樹
（『西南四国歴史文化論叢　よど第3号』西南四国歴史文化研究会）
『帰村　武左衛門一揆と泉貨紙』宮本春樹（創風社出版）
『世直し歌の力　武左右衛門一揆とちょんがり』五藤孝人（現代書館）
『日吉村誌』『広見町誌』『三間町誌』『吉田町誌』
『高川郷土誌』高川公民館
『時枝実三先生遺稿　広見町の郷土史』故時枝実三先生遺稿顕彰委員会
『義農武左衛門物語』日吉村商工会、日吉村むらおこし実行委員会、日吉村
データベース「えひめの記憶」愛媛県生涯学習センター
「吉田藩・忠臣・安藤継明」ザ・宇和島　インターネット
「山代慶長一揆」山代義民顕彰会　インターネット

おわりに

武左衛門一揆には、いくつか謎がありました。

1、武左衛門の生い立ち：土佐の人ともいわれる。
2、覚蔵は誰に殺されたのか？
3、武左衛門は本当にちょんがりをして同志を見つけたのか？
4、武左衛門一揆に頭取はいたのか？
5、一揆の時、どうして大量の鉄砲があったのか？
6、安藤儀太夫が切腹した時、どうして武左衛門はそこにいなかったのか？
7、口伝で副頭取とされた善六（本文では伝六）は、どうして『庫外禁止録』に全く名前が出てこないのか？
8、武左衛門が処刑された年月日はいつで、場所はどこなのか：寛政七年三月二十三日　吉田の処刑場・針ケ谷にて処刑　ともいわれる。

9、どうして、おしまたちは東寺に逃げたのか？
10、武左衛門の位牌と思われる物の謎。

それらの謎を、自分なりに想像して書いてみました。

当時の人々の生活は苦しいものだったと思いますが、現代のわたしたちが見失った大切なものがあったのではないかとも想像しました。

武左衛門を調べていくと、江戸時代の農村は男尊女卑ではなかったのではないかと思えます。嘉兵衛とおしまは対等であり、互いを信頼し合い、おしまは一揆を支えました。その中で祖父母から父母、子から孫へと続く命のバトンを表現したいと思いました。

現在、鬼北町下鍵山の明星ヶ丘に武左衛門の顕彰碑がありますが、そこはわたしの母の実家の近くで、幼少期はよくそこで遊んでいました。当時は武左衛門のことなど何も知りませんでしたが、わたしにとってそこが原風景の一つです。

また、武左衛門一揆に参加した上鍵山村は母の先祖の地です。父の先祖は高野子村の横目だったということなので、一揆を取り締まる側だったかもしれません。ですが、わたしの中には、武左衛門一揆の精神が受け継がれている気がします。

大人になり、町おこしを考えるようになった時、その指針が武左衛門一揆でした。武左衛門が百姓だけでなく、猟師や桁打や商人の力を借りて一揆を成功させたように、町おこしには、いろんな立場の人たちの協力が必要だと思います。

この小説は、史実とは違う部分もありますが、武左衛門一揆の精神は伝えられたのではないかと自負しています。

今回の出版も、いろんな方のご協力で実現しました。特に、創風社出版の大早友章様と直美様、武左衛門奉賛会の大森時政様・城平正文様、鬼北町役場の宮本茂幸様・中川博之様には、多大なお力沿いをいただきました。また校正や出版に当たり、ご助言いただきました大洲市の澄田恭一様をはじめ、友人、諸先輩にも、この場を借りてお礼申し上げます。

付録① 亥の子唄

一、ひとつ非道のお裁きあれば
二、ふたつふせ火が下からおきる
三、みっつ三間から騒動がおきた
四、よっつ吉田を恨みにおもう
五、いつつ生命にかけあう騒動
六、むっつ村の武左衛門さまが
七、ななつ何にもわが身につけて
八、やっつ八幡河原にそろえ
九、ここで九つ小室が宮よ
十、とうで殿様切腹なさる

亥の子唄

歌　：澄田恭一
採譜：森 田 功

ひとー つ ー ひ どー ー ー
のー ー おさーー ば き あ ーー
れ ── ば ヨィ ヨィ ふ たー つ ー
ふ せ ー び が ーー ー し た
かー らー ー お き ーー る ヨ ホィ
ヨ ホィ ヨ ホィ ナ アレワィ ナ コレワィ ナ ナン デ モ
セ

付録②　明星ヶ丘

歴史民俗資料館、武左衛門一揆記念館、大野作太郎地質館、明星草庵、井谷家住宅、武左衛門広場がある鬼北町の歴史や民俗を紹介する場所。四国初のメーデーの地でもある。　愛媛県北宇和郡鬼北町大字下鍵山427

武左衛門一揆記念館　農民たちを救った武左衛門の偉業を語りつぐ記念館

記念館展示資料

武左衛門翁及同志者碑

大正８年に日吉村初代村長・井谷正命が製作した大碑石。諸事情により宇和島港に置かれたままになっていたが、昭和２年、井谷正吉が沿道の住民に呼びかけ、宇和島から４日間かけて明星ヶ丘に建立された。

付録③　武左衛門の里

武左衛門大銀杏（写真右）
瑞林寺跡にそびえる大銀杏で樹齢数百年を数える。胸高で木の周囲は6 m、樹高35 mにおよぶ。この瑞林寺跡の付近に武左衛門の住居があったといわれるところがある。

四国西国納経の碑（写真左）
文化４年（1807）に建てられたもので、施主は芝市左衛門。芝市左衛門は芝庄屋の一族で、四国西国を勇之進ら同行７人で回っているが、これは武左衛門の供養のためだと思われる。勇之進は上大野村の百姓で、武左衛門らとともに捕縛されたが、取り調べののち釈放されている。瑞林寺跡の境内には勇之進が寄進した手水鉢が残っている。

上大野・簗原《やないばら》の渕
上大野村瑞林寺には、武左衛門の死を悼む村人達によって小さな墓がつくられ、手厚く供養されていた。これを知った藩の役人はその石碑をげんのうで打ち砕き、簗原の渕に捨て、武左衛門の供養を一切禁じた。

資料提供：日吉一希を起こす会

著者紹介

二宮　美日（にのみや みか）

1963年、愛媛県北宇和郡広見町（現鬼北町）で誕生。同在住。

エゴマを栽培し、えごま油を製造販売する企業組合森の風代表理事。

和菓子製造の二宮栄進堂三代目。

農業・製造業のかたわら、司会やイベント企画、執筆活動を続ける。

著書等　童話『天狗のお山』（リーブル出版）、ＣＤ『いのちのうた』に収録の「平和の鐘の歌」「御代の川」「命の宝物」作詞、他。

小説　武左衛門一揆

ちょんがりの唄がきこえる

2021年3月27日発行　　定価＊本体1500円＋税

著者　　二宮美日

発行者　　大早友章

発行所　　創風社出版

〒791-8068 愛媛県松山市みどりヶ丘９－８

TEL.089-953-3153　FAX.089-953-3103

振替 01630-7-14660　http://www.soufusha.jp/

印刷　㈱松栄印刷所　　製本　㈱永木製本

ISBN 978-4-86037-303-0